猫うた千年の物語

中村健史

淡交社

目次

心のうちに思いがあれば、おのずから「うた」が生まれる、とは昔の人の言葉。ならば猫のかわいさに見とれるとき、わきあがる感動（？）はかならずや作品となってあらわれるはず。和歌でも、俳句でも、漢詩でもかまいません。この本では、にゃんこの登場する詩歌をひっくるめて「猫うた」と呼ぶことにしましょう。平安時代から明治まで、千年にわたる歴史をゆっくりとお楽しみください。

その一

平安貴族は猫とおしゃべりした

古典のなかの猫さまざま

あなたは猫派？

猫が好きですか？　それとも犬？

ぼくは猫。犬より猫がいい。

犬が嫌いなわけではないんです。柴犬《しばいぬ》の赤ちゃんなんてじつにかわいいし、ラブラドール・レトリーバーのかしこそうな感じも好き。猫にない魅力があって、犬は犬でいいなあと思う。

でも、こういうのは会話を楽しむための「ごっこ」ですからね。贔屓《ひいき》をはっきりさせて、お互いいろいろにぎやかに言いあったほうが楽しいし、盛りあがる。だからぼくはいつも猫派で通してます。

たとえば、授業が終わったあと、学生たちが何人か教室に残って、

「猫がかわいい」

「犬のほうが好き」
「先生は？」
と他愛《たあい》ないおしゃべりがはじまると、満《まん》を持《じ》して、昔、飼っていた猫の話（シャンプーの途中で逃亡して、三日後、かぴかぴになってもどってきた）をしたりするわけです。

だけど、ときどき熱心な子がいて
「先生、日本の文学には犬とか猫とか出てこないんですか？」
なんて質問したりするのがちょっと困るんですよね。

というのは、奈良時代に作られた『古事記』や『万葉集』には犬しか登場しないんです。猫のことが書いてある文献はもっとずっと後、平安時代に入ってからのものしかありません。かりにも先生という立場上、聞かれて無視するわけにもいかないでしょう？　かといって「『万葉集』に犬は出てくるけど、猫は出てこない」なんて口走ったら、裏切り者になってしまう。「ごっこ」は台なしです。うーん、困った。場の雰囲気を壊さないうまい答えはないものか、いろいろ考えてみるけれど、すぐに名案が見つかるはずはありません。

『古事記』や『万葉集』が書かれたころ、いや、それよりもっと昔にも、日本ににゃんこがいなかったわけではないと思うんです。

二〇〇八年には、長崎県のカラカミ遺跡で弥生時代中期（紀元前二世紀ごろ）のイエネコの骨が発掘されています。飼い猫かどうかはっきりしませんが、足跡のついた古墳時代の焼きもの（須恵器《すえき》）だってあるそうですから、古代の人々にとって身近な動物だったのは間違いない。

でも、書物に出てくるのは犬ばかりなんですね。猫なんて一匹も見かけません。どうしてなんだろう？　ふしぎな話だと思いませんか。ここはやはり実際に『万葉集』を読んで確かめてみなきゃ。というわけで、**猫の本なのにまずは犬の歌。**

垣越《かきご》しに　犬呼《よ》び越《こ》して　鳥狩《とがり》する君
青山の　繁き山辺《やまへ》に　馬休《やす》め君

垣根《かきね》の向こうから犬を呼んで、鷹狩《たかが》りに出かけるあなた。青々と木の繁る山に行ったら、馬を休ませてあげてくださいね、あなた。

（作者未詳）

恋人が狩りに行くのを見送る歌です。ふつうの短歌（五七五七七）とは違って、五七七五七七になっているのは、『万葉集』だけに見られる旋頭歌《せどうか》の形式だから（平安時代になるとしだいに廃《すた》れてゆきます)。

垣根《かきね》ごしに呼びよせた「犬」は、もちろん狩りのお供です。鷹に襲われて、草むらに落ちた獲物《えもの》を捕まえてくる。犬と鷹と馬、どれが欠けても猟は成りたちません。人間にとってかけがえのない相棒《あいぼう》です。

『万葉集』の歌人たちは、だからこそ犬をうたったのでしょう。日々の暮らしを支えてくれるかわいくて有能な動物への愛を、文字に書きしるしたくてたまらなかった。

ご存じですか、古墳時代には犬の埴輪《はにわ》まで作られてるんですよ(芸の細かいことに、ちゃんと巻き尾になってます)。あの世に旅立つときにもなくてはならない存在。それが犬だったんです。

日本最古の猫文学　空海

では、猫は?

愛玩用? うーん、猫がかわいいのはたしかだけど、考えてもみてください。狩りに行ったり、釣りをしたり、田んぼをたがやしたり、今よりずっと食べることが大変だった時代、ただかわいいというだけで動物を飼う余裕があったのか、ちょっと疑問だなあ。

だれでも思いつくのは、鼠《ねずみ》よけですよね。

じっさい日本最初の猫文献にもちゃんと鼠が登場しています。空海（弘法大師《こうぼうだいし》）が書いた『三教指帰《さんごうしいき》』という本の一節。

今《けふ》は卿相《けいしやう》たれども明《あす》は臣僕《しんぼく》となる。始めには鼠上《そしやう》の猫のごとし、終《つひ》には鷹下《ようか》の雀《すずめ》たり。

今日は大臣であったとしても、運命が大きく変わって、翌日には奴隷《どれい》に身を落とすということもある。大臣だったときには鼠《ねずみ》を前にした猫のように強かったが、奴隷になると鷹《たか》につかまれた雀《すずめ》みたいに弱い。

「鼠上《そしやう》の猫」は一種の例えです。要するに「ほらね、立身出世《りつしんしゆっせ》なんて意味ないよ」と言いたいらしい。でも比喩だからこそ、かえって「猫といえば鼠」という連想が、当時、常識的なものだったことがよく分かるでしょう？

『三教指帰』は空海がうんと若いころ、まだ出家前に書いた作品です。序文には延暦十六年（七九七）の日付がありますから、完成したのは平安時代のごく初期。カラカミ遺跡のイエネコから千年ちかく経《た》っています。

そのあいだ、だれも猫のことを書かなかったんですね。いっしょうけんめい、ずっと鼠を捕ってたのに。

これはきっと、あれだろうな。犬は狩りにいったり、不審者に吠えかかったり、仕事ぶりがいかにも派手で目立つのに、猫は巡回警備員ですから、何も起こらないのが当たり前で、地味な役まわりだった。だから、わざわざ記録に残そう、歌に詠もうという気にならなかったんじゃないかしら。

華やかなものばかり脚光を浴びるのは世の常といいながら、猫にしてみればまったく割に合わない話で、ひょっとすると彼らは犬をうらやましがるあまり、狩りの獲物を飼い主のところに持ってくるようになったのかもしれません。すごいでしょ？　ちゃんと本に書いてください、って（……違うかな？　違うだろうな）。

しかし、われら猫派としては空海には頭があがりませんね。たった数行とはいえ、ちゃんとにゃんこのことを文字にしようとするあたり、慈愛のこころを感じます。さすが徳のあるお坊さんは違う。お大師さま、ありがとう。

鼠を捕まえる猫、続々と

平安時代の人にとって、

「猫といえば鼠《ねずみ》」

というのは、ごく自然な発想だったのでしょう。空海以後、いろんな書物で見かけるようになります。

たとえば『注好選《ちゆうこうせん》』という説話集。逃げ足のはやい泥棒が「猫に逢《あ》へる鼠《ねずみ》のごとし」と描写されています。見つけた人たちが後ろから追いかけてくるんですから、比喩としてじつに正確。

一方、平将門《たいらのまさかど》の反乱を扱った『将門記《しょうもんき》』には

将門は馬に羅《かか》りて風のごとくに追ひ攻《せ》む。これを遁《のが》るる者は、さながら猫に遇《あ》へる鼠《ねずみ》の穴を失へるがごとし。

馬に乗った将門《まさかど》が風のように追いかけて攻撃する。逃げまどう人は、猫と出会ったのに隠れる巣穴のない鼠《ねずみ》みたいなもの。

という文章がありました。相手の武士たちはきっと怖かったでしょうね。「猫に遇《あ》へる鼠《ねずみ》の穴を失へるがごとし」なんていかにも実感がこもってます。後悔しただろうなあ。こんなことな

ら家にいるんだった、って。

鼠を詠んだ漢詩というのもあって、やはり猫が登場します。作者は藤原敦光《あつみつ》という人。

雲晴れて　鳶《とび》あがれば心ひそかに畏《おそ》れ、
灯《ともしび》　暗くして　猫来《きた》れば命ほとんど危《あやふ》し。

雲が消えトンビが飛んでいるのを見ると、心のなかでびくびくする。ともし火が暗くなって猫がやってくると、命はもうないも同然。

（『本朝《ほんちょう》無題詩《むだいし》』）

「灯《ともしび》暗くして」は夜が更《ふ》けたことをあらわす表現です。燭台《しょくだい》の油がだんだん少なくなって、灯火が薄暗くなってゆくころ、猫は家中の見まわりに精を出しはじめる、というのでしょう。鼠なんてたいてい人が寝静まってから悪さをするものですから。

実際の敦光の詩はもっと長くて、鼠はつまらない人間の例えとして描かれています。能力もないくせになぜか出世はして、来る日も来る日もつまらない悪事にいそしむ嫌《いや》な連中。「猫」や「鳶《とび》」はその天敵として登場するわけですから、きっと立派な人物を指すんだろうな。

礼儀も知らず、恥もないやつらをじろっと一にらみ、震えあがらせる正義の味方。

猫好きとしては、気分いいですね。

まるで自分までえらくなったような気がする。

天皇陛下は猫がお好き

ただし、敦光《あつみつ》の漢詩はもちろん、『三教指帰《さんごうしいき》』にしろ、『将門記《しょうもんき》』にしろ、あくまで猫はもののたとえに過ぎません。

「もうちょっとわれわれの心にうったえかける書物はないものか」

というご不満もあるでしょう。

安心してください。**そんなあなたに『寛平御記《かんぴょうぎょき》』。**

いろんなところで取りあげられて少し有名になりすぎた感じもしますが、やはり猫の本はこれがないと格好がつきません。

『寛平御記』は平安時代のはじめ、宇多《うだ》天皇という人がつづった日記です。今からご紹介するのは、即位直後の寛平元年（八八九）十二月六日の記事。割に長い文章ですから、いくつかに区切ってじっくり読んでゆくことにしましょう。

朕《ちん》、閑時《かんじ》、猫の消息《せうそく》を述べて曰《いは》く、驪猫一隻《りべういつせき》。大宰少弐《だざいのせうに》源精《みなもとのすぐる》、秩満《ちつみ》ちて来朝《らいてう》し、先帝に献《たてまつ》るところなり。その毛色の余猫《よべう》に類せざるを愛す。余猫、みな浅黒色なり。これ独《ひと》り深黒なること墨《すみ》のごとし。その形容たるや、黒きこと韓盧《かんろ》に似たり。

時間があるので、わたしの猫の来歴《らいれき》を書いておく。大宰少弐《だざいのしょうに》だった源精《みなもとのすぐる》が任期を終えて都にもどったとき、先帝（光孝《こうこう》天皇）に黒猫を一匹献上した。ほかの猫とは毛の色がまったく違うのが気に入っている。ほかの猫はみな薄い黒だが、この猫だけは深い黒で、墨のような色をしている。外見はまるで韓盧《かんろ》（黒犬）のようにまっ黒だ。

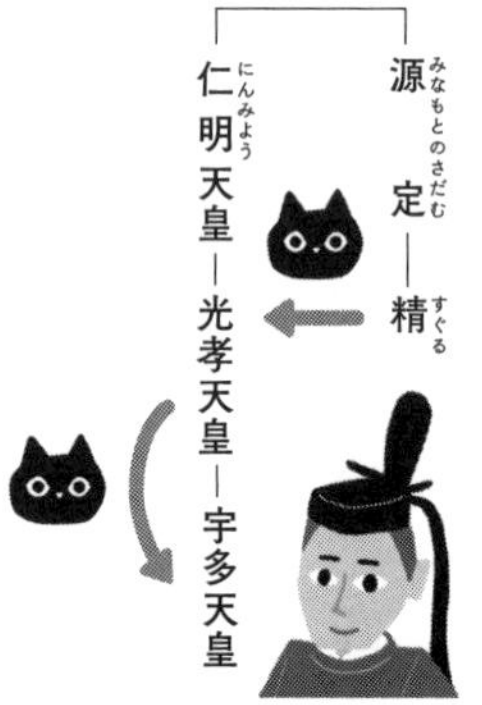

宇多天皇の周辺系図

猫はもともと光孝《こうこう》天皇（宇多天皇のお父さん）が源精《みなもとのすぐる》という人からもらったものでした。精は嵯峨《さが》天皇の孫、つまり光孝天皇のいとこです。**九州の大宰府《だざいふ》につとめていて、おみやげに「驪猫《りべう》」をつれてきたらしい。**「大宰《だざいの》少弐《せうに》」というのが役職名です。「驪」は黒毛の馬。ここではきっと黒猫のことなんでしょうね。

わざわざ天皇に献上するくらいですから、もちろんありきたりの猫ではなかったはず。たぶん**外国産の貴重種**だったんじゃないかしら。当時、大宰府は中国貿易の中心地でした。舶来《はくらい》の「唐猫《からねこ》」はものすごく人気があったんだそうです。

天皇が目にしたのは、墨のようにまっ黒な毛をした、かわいらしいにゃんこでした。ただし「黒きこと韓盧《かんろ》に似たり」なんて文章はいただけません。「韓盧《かんろ》」は中国の本に出てくる名犬ですが、何も猫を褒めるのに引きあいに出さなくてもいいんじゃないかなあ。

長さ尺有《しやくいう》五寸、高さ六寸ばかり。その屈するや小さきこと秬粒《きよりふ》のごとく、その伸《の》ぶるや長きこと張弓《ちやうきゆう》のごとし。眼精晶熒《しやうけい》として、針芒《しんばう》の乱眩《らんげん》するがごとく、耳鋒直竪《じほうちよくじゆ》して、匙匕《しひ》の揺《ゆ》るがざるがごとし。その伏臥《ふくぐわ》するときは、団円として足尾《そくび》を見ず。さながら堀中《くつちゆう》の玄璧《げんへき》のごとし。その行歩するときは、寂寞《せきばく》として音声を聞かず。あたかも雲上の黒竜のごとし。

身長は一尺五寸、高さは六寸ほど。縮こまると黒黍《くろきび》の粒みたいに小さく、体を伸ばすと弓みたいに長くなる。針の先端のようにきらめく目、まっすぐ立ったスプーンのような耳。まんまるになって伏せると足も尻尾も見えない。さながら洞窟のなかの黒い宝石といった趣。歩くときはひっそりとして物音ひとつ立てない。あたかも雲の上をゆく黒竜といったありさま。

現代ふうに書くなら、身長が四〇センチメートル（尻尾は勘定に入れないのかな？）、つま先から肩まで一八センチメートルといったところでしょうか。伸びたり、縮んだり、しなやかな猫の動きをきちんと観察しています。「秬粒《きよりふ》」の「秬」は黒黍《くろきび》のこと。ほら、五穀米のなかにうんとちいさな黄色い粒が入っているでしょう。あれが黍です。その黒いやつ。

「針の先端のようにきらめく目」というのは、日なたに出ると猫の瞳《ひとみ》（黒目）が細くなるのを言ってるんでしょうね。**すわるときはくるっと丸まって、足も尻尾もしまいこむ。**歩くときにはまったく物音を立てない。さすがやんごとなき猫だけあってじつに優雅な身のこなしですが、宇多天皇の自慢はまだまだつづきます。

性《せい》、道引《だういん》を好み、ひそかに五禽《ごきん》に合《がつ》す。常に頭尾を低《た》れて地に着《つ》く。しかして背脊《はいせき》を聳《そび》やかせば高さ二尺ばかり。毛色の悦懌《えつえき》たるは、けだしこれに由《よ》るか。またよく夜鼠《やそ》を捕《と》らふること、他猫《たべう》に挺《ぬきん》づ。

導引《どういん》の術を好み、身のこなしは五禽戯《ごきんぎ》にも通じるものがあるようだ。いつも頭や尻尾を低くして地面につけているが、のびをして背中をそびやかすと二尺ほどになる。うっとりさせる毛の色は、きっとそのお陰なのだろう。また夜になるとほかの猫とは比べものにならないくらい鼠《ねずみ》を捕る。

「道引《だういん》」（導引《どういん》）や「五禽《ごきん》」（五禽戯《ごきんぎ》）は不老長寿の健康体操です。うんと乱暴にいってしまえば、気功《きこう》や太極拳《たいきょくけん》のご先祖さまみたいなもの（たぶん）。つまり「猫の動きは人間にはとてもまねできない。仙人になるための奥深く高尚

な修行法そっくりだ」というわけですが、もちろん冗談に決まってます。宇多天皇も書いてるうちにだんだん調子が出てきたのかな。

「うっとりさせる毛の色は、きっとそのお陰なのだろう」という文章は、ちょっと前後のつながりが分かりづらいですが、頭や尻尾を地面につけたり、のびをしたりするのが導引や五禽戯にあたる、と言いたいんだと思います。まるで猫がストレッチやヨガにいそしんでいるように見えたのでしょう。美容には努力が欠かせませんもの。

偉い人でも猫の下僕

『寛平御記《かんぴょうぎょき》』の文章はさらに続きます。次は猫を手に入れたいきさつ。

先帝、愛翫《あいぐわん》すること数日の後、これを朕《ちん》に賜《たま》ふ。朕、撫養《ぶやう》すること今に五年。旦《あした》ごとにこれに給《たま》ふに乳粥《にうのかゆ》をもってす。あにただに材能《ざいのう》の翹挺《げうてい》たるを取るのみならんや。先帝の賜ふところなるに因《よ》りて、微物《びぶつ》といへどもことに懐育《くわいいく》に情あるのみ。

先帝（光孝《こうこう》天皇）はこの猫を数日かわいがってから、わたしにくださった。わたしは今まで五年間、毎朝、乳粥《にうのかゆ》を与えている。能力がぬきんでているという理由だけで飼っているのではない。先帝がくださったものだから、取るにたりない動物ではあるが心をこめて世話しているのだ。

光孝《こうこう》天皇はせっかく貴重な猫をもらったのに、すぐ飽きちゃったらしい。あっさり息子にゆずってしまった。

宇多《うだ》天皇はそれから五年、大事に「乳粥《にうのかゆ》」（ヨーグルトふうの発酵乳製品）を与えて飼っているんだそうです。情がうつったんでしょうね。ついには**猫に向かって「ぼくのこと分かる？」と語りかけはじめます。**

よって曰《いは》く、「汝《なんぢ》、陰陽の気を含み、支竅《しけう》の形を備《そな》ふ。必ずや心ありて、むしろ我を知らんか」と。猫乃《すなは》ち歎息《たんそく》し、首《かうべ》を挙《あ》げて吾《わ》が顔を仰睨《ぎやうげい》す。心に咽《むせ》び、臆《むね》に盈《み》ちて、口に言ふあたはざるに似たり。

そこでわたしは猫に語りかけてみた。「君だって陰陽の気をふくみ、しっかりとした身体を持っているのだから、やはり心というものがあって、わたしのこともきっと分かっているのだろうね」。ややあって猫はため息をつき、頭をあげてわたしの顔を見つめた。思いがあふれ、胸にこみあげるものがあるが、言葉にできない、といった様子だった。

えらく難しい言葉を使ってますが、「陰陽の気」というのは世界のすべてをかたちづくる元素みたいなもの。「支竅《しけう》の形」は四肢と七つの穴（目、口、鼻、耳）、つまり肉体です。君だってちゃんと手や足があって、幽霊やお化けじゃないんだから、生きものどうし分かりあえるよね？と相手に同意を求めてるんです（さっきは仙人ストレッチを引きあいに出したくせに）。

猫は何か言いたげだったけれど、しゃべることができないから、ただわたしの顔を見つめるばかりで……、というのがいかにもほほえましいですね。**完全にふりまわされている。この人、たぶん日本最初の猫の下僕なんじゃないかなあ。**

『寛平御記』はこれでおしまい。どうです、おもしろいでしょう。宇多天皇がいかに猫をかわいがっていたかよく分かります。

でも、ちょっと待ってください。

かわいがっていた？

猫って、鼠《ねずみ》を捕るために飼ってたんじゃなかったですっけ？

さっき引用した文章のなかにもちゃんとありましたよね、「夜になるとほかの猫とは比べものにならないくらい鼠を捕る」って。

でも、あれって、いかにもとってつけたようだと思いませんか。

猫の見た目や毛の色、神秘的な身のこなしについてはじつに熱心な口調なのに、鼠のくだりになると驚くほどおざなりになるでしょう？　後のほうで言いわけみたいに「能力がぬきんでている」なんて補足してるけど（もちろん鼠とりの能力ですよ）、話がちっともひろがらないし、「つっこまれると困るので、一応触れておきますね」という態度があからさますぎます。まるで国会答弁みたい。

もうひとつ、『寛平御記』では、猫を飼う理由として「父上がくださったものだから、つまらぬ動物ではあるが心をこめて世話をしている」と書いています。要するに親孝行。でも、それなら猫に「ぼくのこと分かる？」って話しかけたりする必要、ありませんよね？　だからやっぱり建前《たてまえ》っぽい。

つまり、宇多天皇にとって猫は「世間では鼠よけに飼っているみたいだから、〝能力〟についてもいちおう触れておかなくちゃ。あと、お父さんからもらったから大切にしてるんですよ。偉いでしょ。でも、かわいいよねぇ」という存在だった。

かわいい猫をお母さんに

宇多《うだ》天皇はたぶん、猫をペットとして飼ってたんです。

先ほど説明したように、犬は『万葉集』や『古事記』に出てきます。これに対して、猫のことを書いた文献はうんと新しい。空海より前にはちょっと見あたりません。

でも、**ペットとしての記録は猫のほうが古いんです。**

ほら、『万葉集』の犬は猟犬だったでしょう? 『古事記』や『日本書紀』を読んでみても、犬が愛玩用だったとはっきり言える例はありません。

ただかわいいからという理由で動物を飼って、その魅力を文章に書きのこしたのは、たぶん宇多天皇が日本ではじめてなんじゃないでしょうか。**寛平元年**（八八九）、**猫はすでにペットだった。**

……犬はどうだか分からないけれど。

いかがです、猫好きとしては鼻が高いじゃありませんか。

え? あれは宇多天皇みたいなちょっと変わった人の話でしょ、みんながみんな猫をペット扱いしてたとは限らないんじゃないか、ですって？

いいえ、平安時代の貴族には猫好きが多かったんです。鼠《ねずみ》なんか捕っても捕らなくても、大事にかわいがっていたらしい。

たとえば花山《かざん》上皇。『寛平御記《かんぴょうぎょき》』からおおよそ百年ほどのち、藤原道長や紫式部とだいたい同じ時代の人ですが、次のような和歌を詠んでいます。たぶん九九〇年代の作品。

敷島《しきしま》のやまとにはあらぬ唐猫《からねこ》の君がためにぞ求め出《い》でたる
この御歌《おほんうた》は、三条《さんでう》の太皇太后宮《たいくわうたいごうのみや》より「猫やある」とありしかば、人のもとなりしが、をかしげなりしを取りて奉《たてまつ》りしに、扇《あふぎ》の折れを札《ふだ》に作りて首につなぎて、あそばされし御歌と云々《うんぬん》。
（『夫木《ふぼく》和歌抄』）

日本のではない、中国の猫をあなたのために探してきました。

この歌は、三条《さんじょう》の太皇太后《たいこうたいごう》から「猫をお持ちでしょうか」と問いあわせがあったので、ほかの人のところにいたかわいらしい猫をもらってきて差しあげたとき、折れた扇を札《ふだ》にして猫の首に掛け、そこに書いた歌だとか。

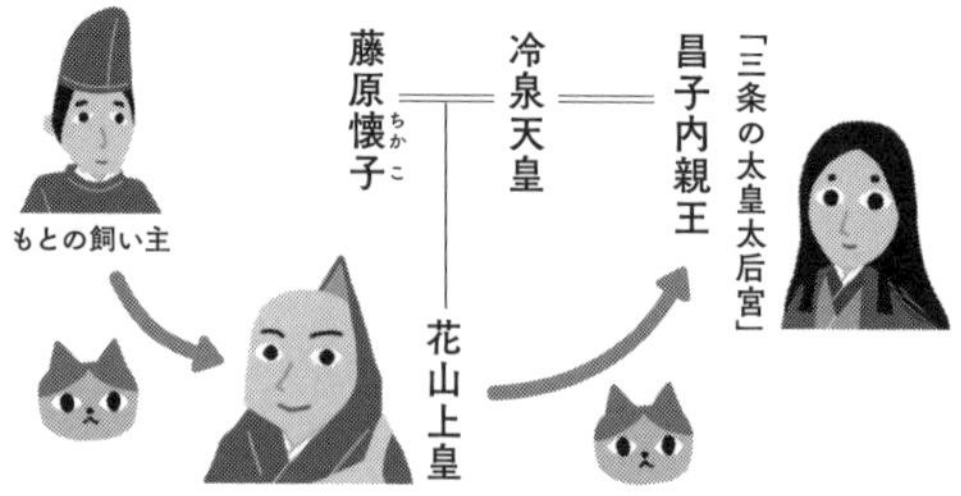

花山上皇の周辺系図

「三条《さんでう》の太皇太后宮《たいくわうたいごうのみや》」というのは昌子内親王《まさこないしんのう》のことだと思います。花山上皇の父、冷泉《れいぜい》天皇の皇后だった人（ちなみに花山上皇のお母さんはまた別な人です）。

どういう事情だったのか、今となってはよく分かりませんが、とにかく「猫がほしい」というご希望だったので、作者はあちこち探してかわいい「唐猫《からねこ》」を手に入れた。たぶん、もとの飼い主を拝みたおして譲ってもらったんでしょうね。ペットショップなんてものがまだない時代ですから、親孝行も大変です。

だけど、用事はまだ終わっていません。

平安時代の贈りものは凝ってるんです。『源氏物語』なんかでお読みになったことがあるかもしれませんが、きれいに飾りつけして、和歌を一首を添えなくてはいけない。

花山上皇は折れた扇で札《ふだ》を作り（檜扇《ひおうぎ》といって、薄い板を何枚もかさねて紐《ひも》で綴《と》じたやつを再利用したんだろうな）、

「ありきたりの日本産ではありません。舶来《はくらい》のすてきな猫を連れてきました」

と書いたんですって。

　でも、よく考えてみてください。別に「唐猫」でなくたって、鼠くらい捕りそうなもの。性能に差があるわけでもないのに、あえて輸入物をプレゼントしたのは、そっちのほうが高級品だったからでは？　しかも選《え》りすぐりの美人（「をかしげなりし」）とくれば、愛玩用、あるいはペット兼鼠よけと想像するのが自然です。**見た目重視の、どちらかといえば趣味的な飼い猫**だったんだろうな、きっと。そもそも実用猫なら、わざわざ上皇に問いあわせしたりしないでしょう。もっと身分の低い人に発注するはず。

　もらわれていったにゃんこが三条のお宅でどんな毎日を送ったのか、とても気になりますが、くわしいことは分かりません。でも、たぶん昌子さんは喜んでくれたんじゃないかな。そう思いたい。いい息子を持ったしあわせ（血はつながってないけど）をかみしめながら、余生《よせい》を過ごした、ということにしておきましょう。

　……案外、光孝《こうこう》天皇みたいに数日で飽きちゃったのかもしれませんが。

意識高い系猫好き　清少納言

　猫をペットにした貴族は、ほかにもいます。

たとえば清少納言の『枕草子』。たぶん長保二年（一〇〇〇）ごろのことでしょう。「命婦《みようぶ》のおとど」という猫がいたらしい。ときの一条《いちじよう》天皇がものすごくかわいがっていて、五位の位をさずけたのだとか。

よく古典の教科書に載っているので、もしかしたらご覧になったことがあるかもしれません。翁丸《おきなまろ》という犬が命婦のおとどをいじめたせいで島流しにされ、めげずにぼろぼろの姿で宮中に帰ってきて、ひそかに同情していた清少納言たちが感激するというお話。

貴族たちにとって猫は身近な動物だったらしく、『枕草子』には次のような文章も出てきます。

なまめかしきもの。（中略）帽額《もかう》あざやかなる簾《す》の外《と》、高欄《かうらん》にいとをかしげなる猫の、赤き首綱《くびづな》に白き札つきて、はかりの緒《を》、組みの長きなどつけて、引き歩《あり》くもをかしうなまめきたり。

みずみずしく優美なもの。あざやかな色の縁取《ふちど》りをつけた御簾《みす》の外に、簀子《すのこ》の高欄《こうらん》（手すり）がある。とてもかわいい猫が、赤い首輪に白い札をつけ、長い「はかりの緒《お》」や組紐《くみひも》を引きずりながら、そこを歩いてゆくのは、風流で、優美だ。

高欄をキャットタワー代わりに歩く平安猫
御簾《みす》の上部にある布の縁取《ふちど》りが帽額《もこう》

「なまめかしきもの」（みずみずしく優美なもの）をいろいろと並べたててゆくなかに猫が登場します。平安時代のお屋敷は、部屋の外に簀子《すのこ》というものがありました。まあ、うんと大きな縁《えん》側《がわ》みたいなものだと思ってください。そこについている手すり兼欄干《らんかん》が「高《かう》欄《らん》」。猫にとってはキャットタワー代わりだったんでしょう。

首輪は赤、札は白。「はかりの緒《を》」というのは詳細不明ですが、おそらく紐《ひも》のたぐい。**組紐《くみひも》やら「はかりの緒」やらを引きずりながら、高欄の上をにゃんこが通りすぎてゆく。**

どうやらこのころ、猫はリードをつけて室内で飼っていたようです。『寛平御記《かんぴょうぎょき》』や花山《かざん》上皇の歌を見ても分かるとおり、あれは一種の贅沢《ぜいたく》品ですからね。紐でもつけてないと心配だったんじゃないかな。もちろん首輪だって必要です。リードに凝《こ》るくらいだから、いろいろ工夫があったに違いありません。「白き札」には名前が書いてあったのかしら。「命婦のおとど」みたいに。

うーん、**現代猫も顔負けの好待遇です。**

考えてもみてください。ただの鼠《ねずみ》よけなら、動物がこんな扱いを受けるはずありません。作者の念頭にあったのは、やはりペットとしての猫なんです。だって『枕草子』には

猫は、上のかぎり黒くて、腹いと白き。

猫は、背中が全部黒くて、お腹のところがまっ白な猫（がすてき）。

なんて書いてあるんですよ。毛の色なんて、実用性とはまったく関係がないでしょう。なのに「白黒の猫がいちばんかわいい。三毛やトラはだめ」と注文がつくのは、けっきょく、愛玩品として見ている証拠です。

せっかく飼うなら、自分がいちばん好きな柄《がら》のにゃんこがいい。清少納言はきっとそう思っていたんだろうな。鼠を捕ってくれるなら何でもいいや、という発想はみじんもなかった。

おそらく彼女は特殊な例外なんかじゃないんです。むしろ、平安貴族の価値観を代表している。

猫はペット。だって、かわいいんだもん。色とりどりの首輪やリードでおしゃれをさせて、風流を楽しんじゃいませんか。ほら、とっても「なまめかし」でしょ？

まなざしの先にいるのは、もはや「家畜」などではありません。鷹狩《たかが》りの相棒《あいぼう》だから、役に立つから、という理由で歌に詠まれた『万葉集』の犬とは、まったく異なります。

貴族たちにとって、猫は何か仕事をさせるために飼うものではなかった。**いつも自分のそばにいて、ときに感情移入の対象となるような動物、ほとんど友達や家族と同じような存在**だったのでしょう。

覚えていますか、宇多《うだ》天皇の文章を。「猫はため息をつき、頭をあげてわたしの顔を見つめた。思いがあふれ、胸にこみあげるものがあるが、言葉にできない、といった様子だった」。

猫を動物だと考えているかぎり、わたしたちは彼らに向かってつぶやいたりしません。

言葉は人間だけが使うもの。おしゃべりしたいと思った時点で、すでに友達扱いしているんです。ただの家畜ではないからこそ、話がしたくなる。

たぶん、ここが猫と犬との大きな違いなんじゃないかなあ。少なくとも平安時代のわんこたちは、飼い主からあんなふうにやさしく言葉をかけられたりしなかった。「ぼくのこと、分かってほしいなあ」なんて頼まれることも、ただぼーっと飼い主の顔を見てただけなのに「心が通じあった」なんて感激されたりすることもなかった。

人と猫の関係は、それだけ親しいものに変化したんです。

迷い猫に乙女の妄想炸裂

だから、猫と言葉を交わしたのは宇多《うだ》天皇ひとりではありません。

『更級《さらしな》日記』ってご存じですか？

菅原孝標女《すがわらのたかすえのむすめ》（変な名前だけど、本名がよく分からないんだから仕方がない）という人の日記です。

千葉から都にやってきた女の子が、あこがれの『源氏物語』に出会い、少しずつ大人になって宮仕えや結婚、夫の死を経験するという……、まあ、今ふうにいえば回想録みたいなものでしょうか。

そのなかに**転生《てんせい》して猫になった人の話が出てきます。**

孝標女が十五歳、治安二年（一〇二二）の夏のこと。夜、屋敷に一匹の猫が迷いこんできた。あまりにかわいいので、お姉ちゃんが「内緒で飼っちゃおうよ」なんて言いだします。見つからないよう家のなかに隠しておくのですが、人によく馴《な》れていて、餌《えさ》もちゃんとしたものしか食べない。姉妹のそばにずっとくっついてるものだから、すっかり仲良しになってしまった。

ある日、お姉さんの夢に猫があらわれて意外なことを打ちあけます。

「わたしは藤原行成《ゆきなり》の娘なのです。死後、あなたの妹さん（『更級日記』の作者）が大変悲しんでくださるので、猫の姿になってやってきました」

藤原行成は菅原孝標《すがわらのたかすえ》（作者のお父さん）の元上司で、書家として有名な人物でした。猫になった女の子も字がうまかったらしい。孝標女は彼女の書いたものを習字のお手本にしています。転生だの、生まれかわりだの、現代人なら冗談のタネにしかなりませんが、平安時代の人にとって夢は神仏のお告げ。行成の娘だという話をすこしも疑うことなく信じこんでしまった。

姉妹は考えます。

言われてみれば、あの猫はうんと上品なところがあって、たとえ人間であっても身分の低い者、つまり召使いの近くへは行かない。いつもわたしたちと一緒にいる。たしかに貴族のお姫さまっぽい。

ついには家族にも夢のことが知れわたって、お父さんまで「そのうち行成どのに申しあげねば」と言いはじめる始末。

いかがですか。作者が猫に対して強い親近感を持っていることが分かるでしょう？

猫と、お姉ちゃんと、わたしの世界。お父さん？　いいよ、まぜてあげる。でも、召使いたちは別かなあ。だって、貴族のお姫さまなんだもん。庶民的なものは苦手なの。ごめんね。

孝標女にとって、**猫は「わたしたちの仲間」**。

でも、召使いは違う。別な世界に住んでいる人たちだと思ってます。傲慢《ごうまん》に見えるかもしれませんが、身分制の世の中ではそれが貴族の本音だったのでしょう。家来や下女より、猫のほうに親しみを感じていたのです。

なので、つい彼女は語りかけてしまうんですね。

ただ一人ゐたるところに、この猫が向かひゐたれば、かい撫《な》でつつ、「侍従《じじゅう》の大納言《だいなごん》の姫君のおはするな。大納言殿に知らせ奉《たてまつ》らばや」と言ひかくれば、顔をうちまもりつつなごう鳴くも、心のなし、目のうちつけに、例の猫にはあらず、聞き知り顔にあはれなり。

わたしが一人ですわっている向かいに猫がいる。撫でてやりながら「行成《ゆきなり》さまの娘さんなのですね。いつかお父上にお知らせしなければ」と言うと、わたしの顔をじっと眺めて、やさしげに鳴くのだった。気のせいか、見ただけでも普通の猫と違っていて、話の内容を分かっているような表情をするのが、じつにかわいい。

言葉をかわし、顔を見て、表情をさぐる。まるで人が人に向かってするように。

作者が「あなたは行成さまの娘さんなのよね?」と口にしてしまうのは、この猫がペットだから。ほらお姉ちゃんの台詞《せりふ》にもあったでしょう? 「かわいいんだもん、内緒で飼っちゃおうよ」。鼠《ねずみ》を捕るだけの家畜なら、おしゃべりしたりする人はいません。話し相手になってくれるのは、いつだって「わたしたちの仲間」なんです。

猫はほとんど人間だった

『三教指帰《さんごうしいき》』から『更級日記《さらしなにっき》』まで二百年ちょっと。平安時代のほぼ半分くらい。そのあいだに、猫はすっかりペットとしての地位を確立します。

平安貴族たちは、ただかわいいからという理由でにゃんこを飼い、いっしょうけんめい本のなかに書きのこしました。

彼らにとって、猫はもはや家畜ではありません。友達であり、「わたしたちの仲間」なのです。だから、ときどき思いあまっておしゃべりを試みる。宇多《うだ》天皇や菅原孝標女《すがわらのたかすえのむすめ》みたいに。文献には出てこないけれど、きっと花山《かざん》上皇や、昌子《まさこ》内親王や、清少納言だってこっそり猫と話をしていたんじゃないかなあ。

何だかほほえましいですね。
そして、犬よりずいぶん好待遇でもある。
だから、猫の味方をしなくちゃいけないとき、ぼくはこう言うことにしてるんです。
――平安時代、猫はほとんど人間だった、と。

その二

猫のおかげで始まる恋もある

いたずら猫と『源氏物語』

いたずらさえも愛しくて

猫のいたずら、かわいいですよね。

むかし、うちで飼っていた猫は鰹節《かつおぶし》が大好きでした。ほうれん草のおひたしなんかに掛けておくと、食卓にのぼって、嗅《か》いだり舐《な》めたりする。でも、えさに載せてやったって絶対に食べない。どうもあのふわふわした薄っぺらいやつを、つんつんするのが好きだったらしい。鰹節で遊んでたんです。

こういうのはあまり実害があるわけではないし、第一、気持ちがなごむから、飼ってるほうも深くとがめたりしません。

平安貴族だってそうでした。

奈良の春日《かすが》大社に、金地螺鈿毛抜形太刀《きんじらでんけぬきがたたち》という平安末期の名刀があります。

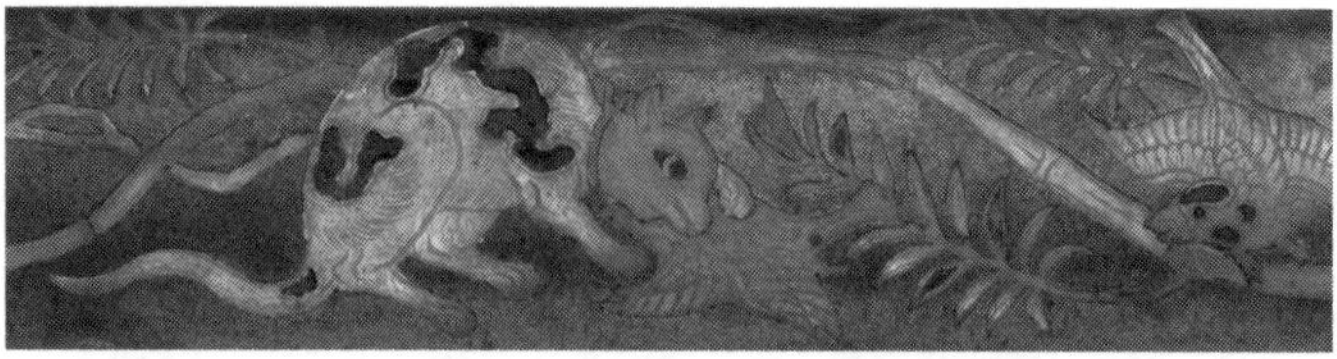

国宝「金地螺鈿毛抜形太刀」（部分　平安時代 12世紀）春日大社蔵

ものすごく豪華なつくりで、なかでも鞘《さや》は金と漆《うるし》、夜光貝《やこうがい》でみごとな装飾がほどこされているのですが、その意匠が猫なんですね。首輪をつけた猫が竹林で雀《すずめ》を追いかけて、ぱくっと咥《くわ》えたところが図案化されてる。首輪があるということは、もちろん飼い猫なんでしょう。

なのに、鼠《ねずみ》じゃなくて、雀をつかまえてしまう。

うーん、ペットなればこそですよね。雀なんかつかまえたって、「家畜」としての役割はちっとも果たせてない。でも、かわいいなあ、と思う人が多かったから刀に描いたんでしょう。もとは中国から伝わった柄《がら》だそうですが、当時、宮中のふすまにまで取りいれられてたのだとか。

猫が好きだから、いたずらさえ許せてしまう。

平安時代の人たちは、みんなめろめろだったんです。

日本最高の猫文学『源氏物語』

たとえば、猫のいたずらからはじまる恋だってある。『源氏物語』みたいに。

え？　そんな話あったかなあ、と思ったあなた。

たしかに物語前半の若くてかっこいい光源氏が活躍する場面とはさま異なって、いささか地味な印象は否《いな》めませんが、人生のなかばを過ぎて運命の変転はただならず、横恋慕《よこれんぼ》、密通《みつつう》、三角関係とおもしろくなるのはここからです。『源氏物語』こそは日本最高の猫文学。読まず嫌いはもったいない。決して退屈させたりしませんから、ぜひ、おつきあいください。

えーっと、ざっとしたあらすじはご存じですよね。光源氏があれやこれやたくさん女の人に手を出して、しまいには父帝の后《きさき》、藤壺《ふじつぼ》と密通し、生まれた子どもが天皇に即位する。因果応報《いんがおうほう》も何のその、源氏は昇進を重ねて栄華をきわめ、国政の中心人物としてついには上皇並みの待遇を受けます。六条院《ろくじょういん》という大邸宅をかまえ、今までかかわりのあった女の人を集めて、みんなで仲良く幸せに暮らしました。めでたしめでたし（なんというご都合主義！）。

ところが物語はまだ終わらない。まだ続きがある。

もう夕顔《ゆうがお》も、空蝉《うつせみ》も、藤壺もいません。だけど『源氏』のなかでいちばん読みごたえがあるのは「めでたしめでたし」の後なんです。

しかも、猫が出てくる。

出てくるといったって、『枕草子』や『更級日記《さらしな》』みたいな通りいっぺんの描きかたではあ

りません。しっかり筋にからんで大活躍します。むしろ**お話を動かしてゆく原動力**だと言ってもいいでしょう。

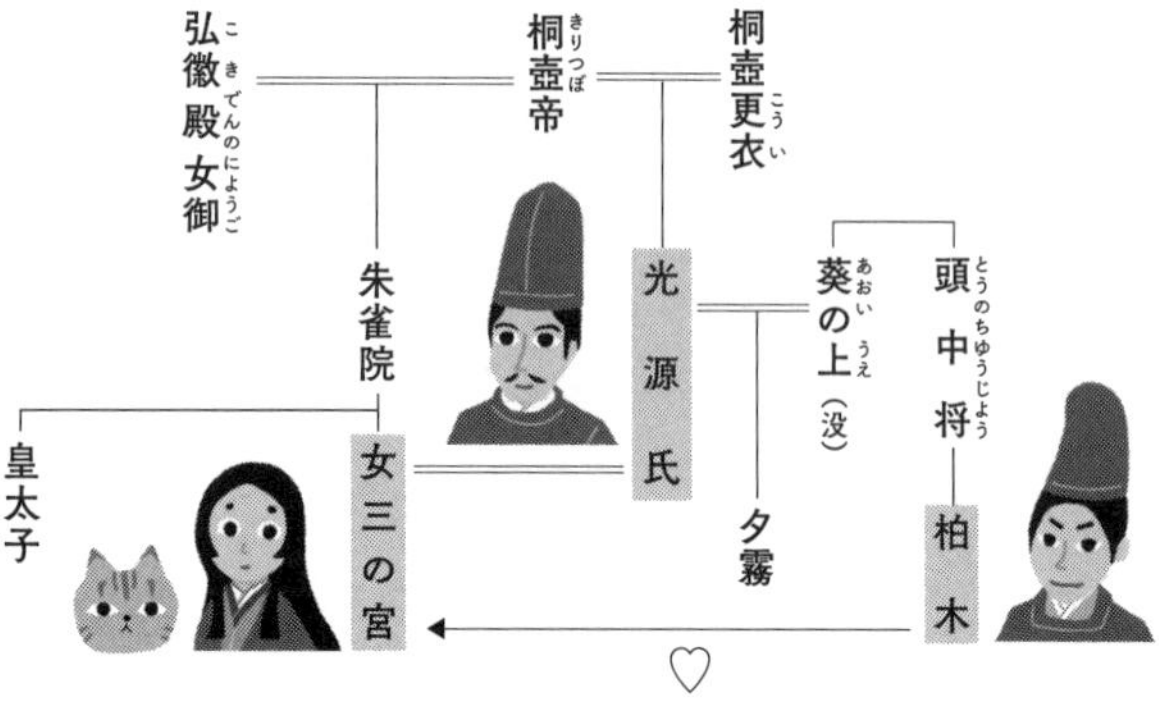

「若菜」の巻　人物関係図

光源氏、姪っ子と結婚する

『源氏物語』はいくつかの章に分かれていて、ひとつひとつきれいな題がついているのですが、今からご紹介するのは三十四番目、「若菜」の巻。うんと長いので、ふつうは上下に分けて訳したり、注釈したりします。

ときに光源氏は三十九歳。平安時代の人にしてみればもう初老です。現代でいえば五十九歳くらいだとお考えください。来年、還暦《かんれき》。

われらが主人公は今や何ひとつ不足のない幸せな身の上。でも、厄介《やっかい》ごとが降りかかってきます。

源氏のお兄さん（かつて天皇の位にあったので「朱雀院《すざくいん》」と呼ばれます）はずいぶん前に引退して上皇になったの

ですが、近ごろ病気がちで、いよいよ出家の志《こころざし》をかためます。本気で世を捨てようというんですね。

ところが、ひとつ問題がある。

まだ小さな娘がいて、その子のことが気がかりだというんです。

朱雀院の心を悩ませているのは三番目の娘。上皇の三女なので、物語のなかでは女三《おんなさん》の宮《みや》と呼ばれます。当時、十三歳か十四歳。数え年ですから、今なら小学校六年生ぐらい。親としてはたしかに後ろ髪を引かれる思いでしょう。まだちょっと一人きりにはできません。

朱雀院はさんざん悩んだ末、光源氏を呼びよせてじつに風変わりな提案をします。

「女の子だから、へんな虫がついても困る。皇女はふつう独身を通すものだが、妙な男が恋人になって噂《うわさ》になるようでは不都合だし、いっそ今のうちに結婚させてしまったほうがいいんじゃないか。とはいうものの、年ごろの貴公子たちは帯に短し襷《たすき》に長し、よさそうな相手がいない。

……いっそお前、どうだ？」

朱雀院と光源氏は腹違いの兄弟です。血は半分しかつながっていない。だから叔父と姪《めい》でも差しつかえないんですね。

しかも都合のいいことに、このとき源氏は独身なんです。

平安時代はよく一夫多妻制の社会といわれますが、実態は少々異なります。**身分の高い貴族でもちゃんとした奥さんは一人か二人というのが普通。**いくら光源氏だってむやみやたらに結婚できるわけではありません。六条院《ろくじょういん》に大勢かかえこんでいる女の人たちは、みんな愛人なんです。

朱雀院も妙なことを考えたものですね。

だけど、彼には彼なりの理屈がある。まず正妻の座が空《あ》いてるから、結婚すればうんと大事にしてもらえる。ほかの女の人とは立場が違うので、有利です。

さらに光源氏はあれだけの愛人をかかえて喧嘩《けんか》もさせず、うまく家庭（？）を保ってるでしょう。末摘花《すえつむはな》みたいな不器量者でも見捨てたりしません。万が一、女三の宮とうまくゆかなくたってひどい扱いはしないだろうし、そこそこ幸せに暮らせるはず。

というわけで、朱雀院ははりきって女三の宮の縁組みを進める。

一方、源氏は今さら結婚なんてめんどくさくてたまらない。

新しいお嫁さんのせいで六条院の平和が乱れるのも怖いし、いかに姪とはいえ、妻と名がつけばいろいろ気をつかわなくちゃいけない。だいたい小学六年の女の子と何を話したらいいいんだ？　大人の魅力をたたえた美女がいくらだっているというのに。

二人のあいだにいろいろ難しいやり取りがあって、けっきょく光源氏は押しきられます。やはりお兄ちゃんの言うことには逆《さか》らえなかったのか。あるいは、最後の最後で好き心に負けたのか。

ナイスミドルの年の差婚

明けて光源氏四十歳の年。二月になると、女三《おんなさん》の宮《みや》がお輿入《こしい》れしてきます。

源氏はほかの女の人たちを気にしながらも、じつにまじめな態度で初夜を過ごしました。

平安時代は結婚の日から三夜つづけてお嫁さんの部屋（家）へ通うのが作法。今とちがって一日中いっしょに過ごしたりはしません。いったん帰ってまた来るんです。

もちろん、部屋といっても現代の感覚で考えてはいけませんよ。

光源氏の住む六条院《ろくじょういん》は四町（二万坪）もある豪邸。敷地のなかに建物がいくつもあって、夜《よ》な夜《よ》な女三の宮の住まいへ通うんです。部屋も家具も立派だし、女房《にょうぼう》（侍女）もおおぜいいて、ほんとうの貴族の生活だったでしょうね。われわれのような庶民とはまったく違う。

さて、そこまで大事にされた女三の宮は、どんな人だったのでしょう？

夫となった光源氏は次のような感想をもらします。

「**まだ大人になりきってなくて、いかにも子供っぽい。**気がきいてるとか、頭がいいという感じではないなあ。我《が》を立ててほかの女と悶着《もんちゃく》を起こすことはないだろうけど、いくらなんでも張りあいがなさすぎるよ」

あらら、ずいぶん手きびしい。

まあ、相手は十三、四歳の女の子。しかも世間のことはまったく知らない環境で育ったわけですから、仕方がないといえば仕方がありません。酸《す》いも甘いもかみ分けた中年男からしてみれば、いかにも物足りない相手だったんでしょう。

でも、源氏は決して見放したりはしない。あまり好みの子ではないと思いつつも、夫婦としてうまくやってゆこうと考えます。愛はなくても、家族にはなれるのだから。

大人のやさしさ？　ええ、たしかに。

だけど、**大人のやさしさくらい危険なものはありません。**

危険な恋のきっかけは猫のいたずら

「若菜」は不義の物語です。

光源氏のやさしさが、女三《おんなさん》の宮《みや》の密通《みっつう》をまねいてしまう。

お相手は柏木《かしわぎ》という若者です。彼はもともと女三の宮のお婿《むこ》さん候補でした。名門の生まれだし、出世は確実。十歳違いだから、当時の感覚としては年まわりも悪くありません。しかし、官位がまだ低いというので、話が流れてしまった。そのころから、何となく女三の宮に心ひかれるものがあったようです。

未練がなくもないが、もはや主《ぬし》ある花。しかも相手はあの光源氏。深く思いつめたわけでなし、時間がたつにつれて……、などと考えていた矢先、意外なことが起こります。

結婚二年目のある日、光源氏の屋敷で蹴鞠《けまり》の会が催されました。夕霧《ゆうぎり》（光源氏の息子）をはじめとして、若い貴族たちが大勢集まります。もちろん柏木もいる。

春もなかば、夕暮れのころ。咲きそめた桜の花のもとで、貴公子たちは夢中になって鞠《まり》を追います。いずれも名うての美男子ばかり。みな足遣《あしづか》いたしかに、惜しみなく技をきそい、花びらが着くずした衣装に雪のごとく散りかかる。

こんな見ばえのするものはありません。源氏ばかりか、部屋のなかにいた女三の宮まで庭の様子をうかがいます。お仕えする女房《にょうぼう》たちも仕事をほっぽらかして眺めている。

やがて、疲れた夕霧と柏木が「ちょっと休憩しようよ」と階《はし》（庭へ降りる階段）に腰を掛けます。

ちょうど女三の宮の部屋の前。

そこに、猫が出てくる。

御几帳《みきちやう》どもしどけなく引きやりつつ、人気《ひとげ》近く、世づきてぞ見ゆるに、唐《から》猫《ねこ》のいと小さくをかしげなるを、少し大きなる猫追ひつづきて、にはかに御《み》簾《す》のつまより走り出づる《い》に、人々おびえ騒ぎて、そよそよと身じろきさまよふ気配ども、衣《きぬ》の音なひ、耳かしがましき心地《ここち》す。猫はまだよく人にもなつかぬにや、綱《つな》いと長くつきたりけるを、物にひきかけまつはれにけるを、逃げむとひこじろふほどに、御簾のそばいとあらはに引きあけられたるを、とみに引き直す人もなし。

女三の宮の住まいは几帳《きちょう》をだらしなく片づけてあって、お仕えする女たちも距離が近く、いかにも世間なれして見える。

とても小さくてかわいらしい唐猫《からねこ》が、少し大きな猫に追いかけられて、突然御簾《みす》の端《はし》から走りだしてきた。部屋のなかでは、おびえたり、騒いだり、身動きして歩きまわる気配や衣《きぬ》ずれの音が、やかましいほど聞こえる。

猫はまだ人になついていなかったのか、大変長い綱《つな》がついていた。綱がどこかにま

とわりついたのを、猫が無理に引っぱって、御簾の端がめくれてしまう。部屋のなかが丸見えだというのに、すぐそれを直すような人もいない。

よくある猫の追いかけっこですね。大きな猫が小さな猫を追いかけて、はじめは部屋のなかでばたばたしていたのが、外に出てきちゃった。当時の屋敷は、部屋のまわりに濡《ぬ》れ縁《えん》みたいなものがくっついてて、境《さかい》に御簾《みす》を垂らしてあります（29頁）。逃げた唐猫《からねこ》にはうんと長い綱《つな》がつけてあったから、変なところに引っかかったんでしょう。簾《すだれ》がめくれあがってしまった。

柏木がふと目をやると、部屋のなかに立っている女の人の姿が見えます。紅色に紫の裏地がついた袿《うちき》（普段着）を着て、髪は身長よりも七、八寸（二三センチくらい）長く、毛先までふさふさとして、ほっそりと小柄な体つき。**いかにも可憐で、かわいらしく、高貴な方。**

運命の一瞬。

このとき、柏木の人生は大きく狂いはじめます。

恋しい人を「見て」しまった！

だけど、柏木《かしわぎ》はまだ女三《おんなさん》の宮《みや》を見ただけでしょう？

ええ、見ただけです。でも、平安時代にはそのことが決定的な意味を持っていました。

貴族の女は人前に姿を見せません。たとえ親兄弟であっても、御簾《みす》や几帳《きちょう》ごしに話をするのがあたり前。まして赤の他人などとんでもない。恋人ですら、夜、薄暗いなかで逢《あ》うのですから、顔ははっきり分からないことが多いんです。

したがって、男のほうとしては手紙のやりとりとか、物ごしの会話、もしくはちらっとのぞく着物の裾《すそ》だの、髪の毛だので、相手を判断するしかない。彼らがむやみに女の髪を気にするのは、こういう事情があったんです。ほかにはろくに手がかりがないんだもの。

事故とはいえ、未練を引きずっていた相手の姿を「見て」しまった瞬間、柏木の恋心はおさえきれないほど燃えあがります。

見ただけで？

「見た」だけで燃え上がってしまった柏木の恋

ええ、見ただけで。

だって、**普段決して目にすることのできないものを、見てしまったんですから。**

現代人の感覚でいえば、うっかり彼女の裸を見てしまったというのに近い。何とも思っていない相手だって、つい意識してしまうじゃありませんか。

しかし、女三の宮もどうして御簾のきわまで出てきちゃったのか。身分の高い女の人はできるだけ部屋の奥にいるのが常識です。まあ、蹴鞠《けまり》が気になってしかたなかったんでしょうが、よく考えて慎重に行動するのが、やはり大人のたしなみというもの。言ってみれば、お風呂場のドアも閉めずに服を脱ぎはじめるみたいな感じです。ちょっと不注意だなあ。

女三の宮って、可憐《かれん》で、無邪気で、かわいらしい人なんです。綺麗《きれい》とか美人というのとは違う。子供っぽくて、あきれるほど単純で、警戒心というものがない。

そういうの、天真爛漫《てんしんらんまん》でかわいいなあ、と思う人もいるでしょう。

でも、見てるとはらはらする、もう少しどうにかならんのかいな、という人だっている。

前者が柏木で、後者が光源氏。

このすれ違いっぷりがじつにおもしろい。恋する男にとっては、あばたもえくぼということなのか。

すっかりのぼせあがった柏木は、御簾から走りでた猫を思わず抱きしめます。

「ああ、この手ざわりは、まさしく女三の宮」

やさしい鳴声、かぐわしい匂い。片想いの妄想はとどまるところを知りません。蹴鞠の帰り道には
「女三の宮はほんとにかわいそう。鶯《うぐいす》（光源氏）はあちらの花、こちらの花とむやみに気が多いけれど、とまるのは桜の木（女三の宮）だけにしておけばいいのに」

と口走る始末。

聞いていた夕霧《ゆうぎり》はいぶかしがりますが、事件が起こるのはもう少し先です。

身代わりにゃんこ強奪大作戦

所詮《しょせん》かなわぬ恋ならば、どうにか心をまぎらわす方法はないか。

いろいろ思いなやんだ結果、柏木《かしわぎ》はずいぶんへんてこなことを考えます。

「あの猫がほしい。女三《おんなさん》の宮《みや》の代わりに」

さあ、ここからが恋する男の腕の見せどころ。たった一匹のために、柏木はじつに周到《しゅうとう》な作戦を立てます。

まず、皇太子のところへ行く。彼は女三の宮のお兄さんです。**そして猫好き。**だから
「女三の宮が六条院《ろくじょういん》で飼っていらっしゃる猫、ご存じですか。見たこともないような顔の、かわいらしい子でしたよ」

なんて言われると、いても立ってもいられない。

「ふむふむ、もっとくわしく教えて」

「殿下《でんか》のところにいるのとはまた違う種類だと思います。猫なんてどれでも同じようなものですが、性格がやさしくて、人なつっこいのは格別ですね。何となく心ひかれます」

うーん、さすが熱狂的愛好家の心理をよく押さえた名台詞《めいぜりふ》。きっと家で何度も練習してきた

んだろうな。案《あん》の定《じょう》、皇太子はすっかりその気になって、妹に頼みこみ、例のにゃんこを譲ってもらいます。

しめしめ、計画どおり。

数日後、柏木がまたやってきます。

「新入りさんはどちらですか？　あ、いたいた。おいで、撫《な》でてあげよう」

なんて遊びはじめるものだから、皇太子のほうも

「なかなか素敵な子だね。まだなついてくれないけど、知ってる人がいないせいかな？」

とおしゃべりが尽きません。でも、ペット自慢の性《さが》ですね、ついうっかり余計なことを口走ってしまう。

「だけど、わたしの猫だって負けてないよ」

柏木にとっては、まさしく千載一遇《せんざいいちぐう》のチャンス。

「たしかに立派な猫ちゃんがたくさんいらっしゃいますものね。この子はしばらくわたしがお預かりしましょう」

と連れて帰ってきちゃった。心の奥では「我ながらなんて愚かな……」と反省してはみるけど、今さらどうしようもありません。

さて、つづきはぜひとも原文で引用しなくては。

つひにこれを尋《たづ》ね取りて、夜もあたり近く臥《ふ》せたまふ。明けたてば、猫のかしづきをして、撫《な》で養《やしな》ひたまふ。人げ遠かりし心もいとよく馴《な》れて、ともすれば衣《きぬ》の裾《すそ》にまつはれ、寄り臥《ふ》し、睦《むつ》るるを、まめやかにうつくしと思ふ。いといたくながめて、端近《はしちか》く寄り臥したまへるに、来てねうねうといとらうたげに鳴けば、かき撫でて、うたてもすすむかなと、ほほ笑まる。

「恋ひわぶる人のかたみと手ならせばなれよ何とてなく音《ね》なるらむ
これも昔の契《ちぎ》りにや」

と、顔を見つつのたまへば、いよいようらうたげに鳴くを、懐《ふところ》に入れてながめゐたまへり。御達《ごたち》などは「あやしくにはかなる猫の時《とき》めくかな。かやうなるもの、見入れたまはぬ御心《みこころ》に」ととがめけり。

ついにあの猫を手に入れて、夜などはそばでお休みになる。朝になると世話をして、かわいがっていらした。人になつかない性分《しょうぶん》だったのがすっかりよく馴《な》れて、なにかというと衣の裾《すそ》にまとわりついたり、添い寝して甘えたりするのが心底《しんそこ》かわいらしい。柏木《かしわぎ》がひどくぼんやりと物思いにふけって、部屋の端でものに寄りかかりながら横になっていると、猫がやってきて「ねうねう」と大変いじらしく鳴く。それを撫でて「ずいぶん積極的だね」と笑いながら、顔をのぞきこみ

「恋しい人の形見と思ってかわいがっているのに、お前はまたなぜそんなふうに鳴くのだ。これも前世の因縁《いんねん》だろうか」

とおっしゃる。ますますかわいらしく鳴く猫を懐《ふところ》に入れて、柏木はさらに物思いに沈むのだった。

女房たちは「あら不思議、猫が急にご寵愛《ちょうあい》を受けるだなんて。あんなものには無関心でいらしたのに」と首をかしげるばかり。

「ねうねう」は猫の鳴き声であると同時に、「寝う寝う」の掛詞《かけことば》でもあります。つまりは「いっしょに寝よう、いっしょに寝よう」というお誘い。

だから柏木は笑うんですね。猫は女三の宮なんだもの。**鳴き声を変なふうに解釈して、ひとり悦《えつ》に入っているわけです。**

うーん、気持ち悪いなあ。

しかも、じつにばかばかしい。いい大人が何をやってるんだか。柏木にしてみれば恋の一念

がなせるわざなのでしょうが、はたから見ていると愚かで、みじめで、滑稽《こっけい》、……そして、あわれでもある。

光源氏ならきっと違ったでしょう。

たとえ道ならぬ恋だって、もっと手際《てぎわ》よくスマートに事をはこんだはず。策略を尽くして猫をかっぱらったりする前に、女三の宮を口説《くど》きおとしてしまうんじゃないかしら。猫をなでなでしながらかなわぬ恋に身をこがすなんて図は、とても想像できません。

ですが、人間みんながみんな光源氏になれるわけではない。たいていの男はあんなにかっこよくもなければ、スマートでもないし、人妻の心をとろかす甘い言葉にも、洗練された女あしらいにも縁がありません。わたしたちにとってなじみ深いのは、むしろ、もっとぎこちなくて不器用な愛しかたではないでしょうか。

たしかに柏木は愚かです。みじめだし、滑稽でもある。

しかし、恋をする人はだれでも柏木のように愚かで、みじめで、滑稽なんです。

ほら、あれこれ空回りしたあげく、読みかえすのも恥ずかしいようなメールを相手に送ったり、気合いを入れすぎてとんでもなく場違いな格好でデートに行ってみたり、だれかを好きになったら、どんなに賢い人だってとんちんかんな失敗をするものなんです（覚えがないとは言わ

せませんよ?･)。

紫式部は、たぶんそのことを知ってたんですね。

光源氏の完璧さはほとんど神に近いけれど、柏木の恋はいかにも人間らしい。だからあの場面を読む人は、最初げんなりし、次に笑い、最後には共感するんです。さすがに好きな人の猫を盗んできたりはしないでしょうが、でも、**あ、わたしにも身に覚えがある、**って。

猫を撫でる柏木のすがたには、人間の切なさがただよっていると思いませんか。

にゃんこ使いの名手紫式部

「若菜」の巻を読むたびに「紫式部ってうまいなあ」と畏敬《いけい》の念を新たにするのですが、なかでも猫の使いかたにはただただ感心するばかり。

まず、簾《すだれ》をめくる場面。あれはやはり偶然のできごとでないと都合がわるい。だから動物を出すことにしたのでしょう。猫は室内飼いだし、リードがついているから、設定上おあつらえむきだった。

犬? うーん、平安時代のわんこはたいてい庭で暮らしていたし、綱《つな》もあまりつけてなかったようです。出会いのシーンを演出するには、ちょっと不自然じゃないかしら。

まあ、そのあたりは筆先《ふでさき》ひとつでごまかすにしても、どことなく話の雰囲気にそぐわない気がするんですよね、犬は。もとは狩りのお供だったわけだし、俊敏《しゅんびん》、勇敢《ゆうかん》なイメージはあっても、色っぽさからは縁遠い（犬好きのみなさん、怒ってはいけませんよ）。道ならぬ恋のきっかけとしては今ひとつぴんときません。優雅で、いたずら好きの猫だから、『源氏物語』にふさわしいんじゃないかなあ。

紫式部はおそらく、思いつきで猫を登場させたのではありません。少なくとも御簾《みす》のくだりを書くときには、柏木《かしわぎ》の強奪作戦まで想定していたはず。

だって、女三《おんなさん》の宮《みや》の身代わりになるんですもの。犬でも、猿でも、猪《いのしし》でもおかしいでしょう。籠《かご》の鳥なんてのは象徴的で使い勝手がよさそうですが（籠が光源氏の暗喩《あんゆ》になる）、まさか雀《すずめ》や頬《ほお》白《じろ》を抱っこするわけにもゆきません。**平安時代のペット事情を考えると、猫以外の選択肢はほぼありえないんです。**

柏木と猫のくだりも、よく書けてますよね。

「ねうねう」という掛詞《かけことば》はもちろんですが、**人間のすぐ近くにいて、撫《な》でたり、懐《ふところ》に入れたり、身体的な接触をともなう動物であることが十分に生かされています。**「恋しい人の形見と思ってかわいがっているのに」と柏木がつぶやくとき、彼は明らかに幻想のなかで女三の宮のぬくもりを感じていた。猫を介してまぼろしの女人《にょにん》を愛するという複雑な仕掛けが、官能性をいっそう際立《きわだ》たせるのでしょう。あらわにベッド・シーンを描くよりずっと艶《つや》っぽく、味が深い。

だけど、あれはきっと猫だから可能な書きかただと思うんです。

しかも、鼠《ねずみ》捕りの猫じゃない。撫でてかわいがるためだけに飼っているペットだから、恋しい女の代わりになるんです。

平安貴族にとって、猫はほとんど愛人でもあった。

夢のなかにもあの猫が

でもねえ、「ほとんど愛人」といったところで、猫は所詮《しょせん》猫ですからね。いくらかわいくったって、柏木《かしわぎ》の恋心は収まらない。

え？　猫好きの風上にも置けないですって？

おっしゃるとおりですが、今さら「柏木は猫といっしょに末永く幸せに暮らしました」じゃ読者も納得しないでしょう。まあ、ちょっと我慢してください。

猫は身代わりにならない。

柏木はやむなく女三《おんなさん》の宮《みや》のお姉さんと結婚してみます。

ですが、やっぱりお姉さんは女三の宮ではなかった。無念のあまり「同じ木から生えてきたのに、落葉《おちば》のほうと結ばれるなんて運がなかった」という歌を詠んで嘆く（うーん、ひどいなあ。そういうところだぞ、柏木。嘆きたいのはお姉さんのほうだ）。

かくなる上は、やはり女三の宮を手に入れるほかない。

機会を眈々《たんたん》とうかがううちに、紫の上が重病に倒れます。数ある女君《おんなぎみ》のなかでも、源氏がいちばん大事にしていた人。だから、詰めきりで看病をして、女三の宮のところにはなかなか来られません。

好機到来《こうきとうらい》。喜び勇んだ柏木は六条院《ろくじょういん》に忍びこみ、思いをとげてしまいます。

『源氏物語』によれば、かねてから小侍従《こじじゅう》という女房《にょうぼう》を手なずけておいて、寝所に案内させたのだとか。平安時代、やんごとなきあたりにお仕えする召使いには、こういうのが多かったんです。貴公子を連れこんで、勝手にお姫さまとくっつけてしまう。

深夜、突然、御帳台《みちょうだい》（寝台）から抱きおろされ、女三の宮は目を覚まします。源氏ではない男。しかし、だれかは分からない。驚きおののく彼女を、柏木は可憐でいじらしいと感じます。

ほら、そういうのが好きな男、いるでしょう？　皇女らしい威厳《いげん》のある人だと思っていたのが、実際に会ってみるとそうでもない。**やさしくて、かわいらしい一方で、しっかりしたところがなくて、要するに押しに弱そう。**

おしゃべりだけで帰ろうと思っていた柏木に、よくない心がきざします。女三の宮はさすがに相手がだれか気づきますが、もうどうしようもない。

男は強引にせまって関係を結んでしまう。

枕を交《か》わした後、二人はほんの少しだけまどろみます。

ただいささかまどろむともなき夢に、この手馴《な》らしし猫の、いとらうたげにうち鳴きて来たるを、この宮に奉《たてまつ》らむとて、我が率《ゐ》て来たると思《おぼ》しきを、何しに奉りつらむと思ふほどにおどろきて、いかに見えつるならむと思ふ。

ほんの少し、まどろんだとも言えないほどの夢のなかでのこと。飼いならしたあの猫が、いじらしく鳴きながらやって来る。女三《おんなさん》の宮《みや》にお返しするために自分で連れてきたように思うのだが、さてどうやってお返ししたものか、と考えているうちに目がさめて、柏木《かしわぎ》は「なぜこんな夢を」と不審がるのであった。

不審がるのは柏木だけではありません。読者のほうも、なぜ猫が出てくるのか分からない。まあ、現実の夢なら「ふしぎなこともあるもんだ」で済みますが、物語ですからねえ。まったく意味の通らない支離滅裂《しりめつれつ》なエピソードを、わざわざ作者が書くはずありません。

ところが、普通に読んだだけでは、「手馴《な》らしし猫」が何をあらわしてるのかはっきりしないんですね。前を見ても、後ろを見ても、推測すらつかない。平安時代の人には常識だったから、説明を省《はぶ》いてしまったんでしょう。おかげでみんなが苦労することになった。

源氏学者のあいだでは、室町時代以来、

手馴《な》らしし猫　懐妊《くわいにん》のことなり。

この場面に出てくる「飼いならした猫」は、妊娠をあらわしている。

（『源氏物語細流抄《さいりゅうしょう》』）

と夢ときするのが伝統になっています。

実際に女三の宮は妊娠します。もっとも情事は一度きりではありません。先のほうにも何回か描かれていますから、どこでできたのか曖昧《あいまい》です。でも、にゃんこのお告げ（?）が正夢《まさゆめ》だっ

たことはたしか。

もちろん父親は柏木。だって光源氏は紫の上のほうが忙しくて、ろくに来てないんだもの。だから余計、始末が悪い。体つきも変わってくるし、つわりもありますから、長いこと隠しおおせるものではない。いろいろ問題が起こるのは目に見えています。

けっきょく二人の仲は光源氏にあらわれてしまう。けれど表沙汰《おもてざた》にはなりません。女三の宮は皇女ですから、体面《たいめん》というものがあります。世間に恥をさらすわけにはゆかない。

赤ちゃんは光源氏の子として育てられ、薫《かおる》という名前で『源氏物語』後半の主人公となるのですが、それはまだずいぶん後の話。今は柏木の物語にもどりましょう。

光源氏の社交的パワハラ

柏木《かしわぎ》という人は思いこみが強くて、ときどきへんな行動力を発揮する割に、いささか気の弱いところがあります。小心者といえばいいのかな、神経質なんです。

そして、**それが彼の命とりになる。**

光源氏の家で、大がかりなお祝いの宴《うたげ》がひらかれます。

やむなく顔を出した柏木に、源氏はしいて杯《さかずき》を取らせ、何気ないふうをよそおって語りかけます。

「近ごろは涙もろくなってね。まあ、泣き上戸《じょうご》といった具合だよ。ははは。おや、柏木どのが笑っていらっしゃる。**年寄りは見苦しいものと思っておいでなのだろう。**ですが、あなただってあっという間ですよ。歳月は人を待たないのですから」

ほかの参加者たちは、光源氏の愚痴《ぐち》めかした冗談だと思っている。

だけど、柏木は胸にこたえますねえ、これ。

おれは何もかも知ってるぞ。女三《おんなさん》の宮《みや》を寝取ってさぞご自慢なのだろう。しかし、覚えておけ。**お前に何の価値があるというのだ。顔かたちも、心ばえも、女の扱いも、財産も、身分も、すべておれのほうが上ではないか。**お前がおれに優《まさ》っていることといえば、ただひとつ、若さだけだ。だからこそ女三の宮もなびいたのだろうが、人間だれしも老いは逃れられない。いつかはお前も同じ道だ。

嫌な目つきで源氏がじろりとにらむ。柏木は気持ち悪くなってしまいます。

容色《ようしょく》ややおとろえかけた初老の貴公子が、表面上、まことに優雅に、じつは思いきりドスをきかせて、美しく繊細な若者をねちねちいじめる。ドラマチックで、花があって、いかにも絵になるじゃありませんか。紫式部がほんとうに楽しんで書いているのが伝わってきます。

でも、柏木にしてみればたまったもんじゃない。

胸に重石《おもし》でも乗せられたような気分になって、とてもお酒なんか飲んでいられません。宴の途中で家に帰ってくるのですが、そのまま病気になってしまいます。ちょっと嫌みを言われたぐらいで大げさな、というのは現代人の感覚。平安時代の人にしてみれば、光源氏の言葉は一種の呪《のろ》いだったのでしょう。恋敵《こいがたき》に向けられた嫉妬《しっと》と怒りは、確実に身体をむしばみ、命を縮めたのです。

薬石効《やくせきこう》なく、柏木はやがて帰らぬ人となりました。

あのとき猫がいなければ

あのとき、猫がいなければ。

猫がいたずらさえしなければ、柏木《かしわぎ》は死なずに済んだに違いありません。女三《おんなさん》の宮《みや》だって幸福なままだった。

たった一匹の猫が、あらゆる登場人物の運命を狂わせたのです。

でも、きっと。

柏木は恨んだりしなかったんじゃないかなあ。猫のことも、女三の宮のことも。どんないたずらをされたって、運命を狂わされたって、かわいいから許せてしまう。それが恋というもの。命の終わりまで彼は愛していたはずです、女三の宮を。そして、にゃんこを。

残された女三の宮は出家して余生《よせい》を送ります。

猫は、どうなったか分かりません。

だれかが引きとったんでしょうか。できれば、しあわせに暮らしていますように。

だって、ほら、柏木にとてもよくなついていたでしょう？　女三の宮なんかよりずっと。だからせめて猫ぐらいは、飼い主のことを偲《しの》びつづけていてほしい。じゃなきゃ、柏木がかわいそうすぎます。……そう思いませんか？

その三

平安時代、猫は鼻の穴だった

和歌のルールと少女漫画

猫うた千年の謎

平安貴族たちは猫をとても大事にしていました。

宇多天皇《うだ》も、菅原孝標女《すがわらのたかすえのむすめ》も、柏木《かしわぎ》も、わたしたちと同じようににゃんこが好きだった。

でも、ひとつだけ不思議なことがあるんです。


彼らは、猫を歌に詠まない。


それがどうしたの？　と思われるかもしれませんが、いいですか、よく考えてみてください。

平安時代の人にとって、和歌はメールやＬＩＮＥみたいなもの。相手に何か連絡するときにはかならず一首添える。色っぽい用事であろうがなかろうが、とにかく三十一文字《みそひともじ》がくっついてなきゃさまにならない、という社会に暮らしていた。

だから、ほんとは膨大《ぼうだい》な量の歌が作られたはずなんです。なのに、猫の和歌ってないんですね。

ぼくが見つけたのは、たった六首。

きれいな首輪をつけたり、ヨーグルト（?）を食べさせたり、お話したり、なでなでしたりして、あんなに大事にしてたのに。

たった六首。

ほんの六首。

どう思います、これ？　ぼくは不思議でなりません。

平安貴族は、なぜ猫の歌を詠まないのか。

わたしたちは、毎日のようにＬＩＮＥで猫の写真を送ってしまうというのに。

少女漫画は鼻の穴がきらい

でも、ちょっと待って。

そもそも
「猫を飼っているなら、和歌に詠むはず」
というのが現代人の先入観なのかもしれません。
たとえば、人間には鼻の穴というものがありますよね。ええ、あなたにも、ぼくにも、顔のまんなかあたりに二つずつ、しっかりくっついている。

だけど、ほら、少女漫画を考えてみてください。『ベルサイユのばら』でも、『ママレード・ボーイ』でも、『君に届け』でもいいけれど、登場人物はほとんど全員、もれなく鼻の穴がありません。韋編三絶《いへんさんぜつ》、眼光紙背《がんこうしはい》、いくら探しても見あたらないんです。まさか椎名軽穂《しいなかるほ》や吉住渉《よしずみわたる》が、きわめて特殊な思想の持ち主で

「人間に鼻の穴は存在しない」

とかたくなに信じこんでるというわけでもなさそうですし（本人に直接確認したわけじゃないですが）、たぶん、あえてそういう描きかたをしてるんでしょうね。

余計なもの（鼻の穴）があると、ロマンチックな雰囲気がこわれてしまう。美しくない。省略したほうが素敵な作品に仕上がるのは分かりきった話です。ということは、あの絵柄《えがら》は漫画家が決めたものなのか。

じつは、違うんですね。

だって、**もし『君に届け』のヒロインに鼻の穴があったとしたら……。**

きっと「別冊マーガレット」編集部には全国から苦情が殺到することでしょう。善良なる読者諸嬢《しょじょう》は絶望にうちひしがれ、もう二度とこんな雑誌は手に取らないと決意し、不買運動をは

じめるかもしれません。多部未華子《たべみかこ》だって映画に出てくれないよ。

もちろん、いくら夢見る乙女だからといって、創作と現実が別物だということくらい知ってるはず。だけど、彼女たちは怒る。お姉ちゃんや妹の「別マ」を取りあげて読んでる男の子たちだってきっと怒る。

なぜなら、**少女漫画には少女漫画のお約束というものがあるからです。鼻の穴は描かないというのが、ジャンル全体の鉄則なんですね。**『花ざかりの君たちへ』も、『有閑倶楽部《ゆうかんくらぶ》』も、『こどものおもちゃ』も、『ときめきトゥナイト』も、『ポーの一族』も、どれひとつとして例外ではありません。暗黙のうちに作者が「鼻の穴はロマンチックではないから、やめておきましょう」と提案し、われわれの側も納得して、描いたり、読んだり、売ったり、買ったりしてる。

だから、突然
「次の連載では、鼻の穴を描きたい」

と言われても、困ってしまうんです。どんなにえらい漫画家だって、ヒロインの顔に鼻の穴を描く権利はありません。われらが黒沼爽子《くろぬまさわこ》（ええ、『君に届け』の主人公です）にそんなことしたら暴動が起こる。

「表現の自由じゃないか」

なんてがんばったってダメ。

「現実を無視してる。リアルじゃない」

と訴えたところで無駄です。

少女漫画はきれいなものしか描きたくないんだから。

猫は「鼻の穴」あつかい？
和歌だって、同じように「詠まない題材」があるんです。

たとえば、平安時代の終わりに活躍した藤原俊成《としなり》という歌人は、初心者向けの解説書でこんなことを言っています（『古来風体抄《こらいふうていしょう》』）。

うんと昔の人は、食べものの歌を詠んだ。『万葉集』には「旅先では椎《しい》の葉にご飯を盛って食事をする」なんて作品があったりする。だけど、わたしたち（平安時代の人）は違う。公私《こうし》を区別する気持ちがあるから、歌のなかでご飯を取りあげたりしない。『万葉』のころはそのあたりがあいまいで、内々に留《とど》めておくべきものと、表に出していいものがごっちゃになってたから、椎の葉っぱでどうしたなんて作品がのこってしまった——。

つまり

「ご飯なんか歌に詠んじゃいけませんよ。まあ、詠むだけならともかく、公開しちゃだめ」

ということなんでしょう。

たしかに和歌の雅びなイメージと、白米はうまく結びつかないもの。

ほら、バーで一人お酒を飲んでるシーンなら絵になりそうですが、どんぶり飯を食べてるところはコメディにしかならない。ああいう感じなんだろうな。

和歌が少女漫画で、ご飯が鼻の穴です。

現実には存在するけれど、「きれいなもの」ではないから、あえて気づかないふりをしている題材。

似たような例はほかにもたくさんあります。

牛。平安貴族はみんな牛車《ぎっしゃ》に乗ってました。あれくらい身近な動物はいないはずなのに、三十一文字《みそひともじ》の世界ではほとんど見かけません。

ぺんぺん草。「薺《なずな》」という呼びかたで、漢詩にはたまに出てきます。だけど歌人たちは見むきもしない。やはり雑草だから扱いが軽いのかも。

唾壺《だこ》。唾《つば》や痰《たん》を吐くための壺です。もっともかなり早い時期に実用性はなくなったみたいで、物語なんか読んでいると、豪華な調度の例として登場したりする。銀製の高級品まであったよ

和歌には詠まれない唾壺

うですが、和歌とはほぼ無縁の存在といっていいでしょう。

ご飯もそうですが、牛にしろ、ぺんぺん草にしろ、唾壺にしろ、日常性が強くて、おしゃれな感じがちっともないあたり、文学的な素材とは言いづらいんだろうな。何となく「鼻の穴あつかいでも、まあ、仕方ないか」という気分になってくるでしょう？　雅びでないものは歌に詠まない。それが平安時代のお約束だったんです。

つまり、猫は雅びじゃなかった。

……分かりますよ、こんなこと言うのはぼくも心苦しい。あんなにかわいい生きものなのに、「雅びじゃない」だなんて。ほんとは信じたくなんかありません。でも、真理を探究するためにはやむをえないんです。涙をのんで議論を先に進めることにしましょう。

平安時代の人たちは「猫は雅びではない」と思っていました。でも、彼らの考える「雅び」は、「かわいい」とか、「愛らしい」とか、「大好き」というのとはちょっと違うんです。

宇《う》多《だ》天皇や清少納言なら、たぶん次のように説明してくれることでしょう。

「猫？　猫はかわいいよ。大事なペットだねえ。見た目も魅力的だ。うーん、でも、和歌に詠むのはどうだろう？　ふつうは**もっと昔ながらの、格調ある、端正《たんせい》できちんとした素材**を扱うんじゃないかなあ」

ほら、現代人だってそうじゃないですか。

たしかにリボンやフリルはかわいい。でもマリー・アントワネットみたいなドレスで病院に行く人はいませんよね。ピンクは素敵な色だけど、就活のときはもうちょっと無難な服を選んだほうがよさそう。まずは時と場に合うということが大事であって、好き嫌いとは別の次元の話なんだな。

猫が好き。
でも、歌には詠まない。

平安貴族たちは、そんなふうに暮らしてたんです。

猫うた、やっと登場！

猫を詠んだいちばん古い和歌をご紹介しましょう。

平安前期、九七〇年代に編纂《へんさん》された『古今《こきん》和《わ》歌《か》六帖《ろくじょう》』という本に出てきます。残念ながら、作者はだれだか分かりません。

浅茅生《あさじふ》の小野の篠原《しのはら》いかなれば手飼《てが》ひの虎の臥《ふ》しどころ見る

篠竹《しのだけ》の繁っている野原。そんなところでどうして「飼いならした虎」の寝床《ねどこ》を見つけたのだろう。

迷子の猫を探しにゆく歌です。ようやく「臥《ふ》しどころ」、つまり野宿先だけは見つけた。篠竹《しのだけ》（ふつうの竹より細くて、背が低い）がしげる原っぱで毎晩寝てるらしいけど、はて、肝心《かんじん》のにゃんこはどこへ行ったんだろう。

行方不明になってしまった猫は、たぶん何かの比喩だと思います。ところが、困ったことにその内容がはっきりしないんですね。「手飼《てが》ひ」「臥《ふ》しどころ」なんて書いてありますから、もしかしたら別れた女の人を探しているのかも。「あちこちたずね歩いて、意外な場所でようやく手がかりがつかめた」みたいいな。違うかなあ？　うーん、よく分からない。難しい。

でも**「手飼《てが》ひの虎」**って、ちょっとおもしろい言い方ですね。**手なずけて、飼いならした虎。つまりにゃんこのことです。**文学作品のなかではかなりひろく使われる異名ですから、ぜひ覚えておいてください。この本でもたぶん何度か出てくるはず。
歌の古さでいえば、次がたぶん花山《かざん》上皇の

敷島《しきしま》のやまとにはあらぬ唐猫《からねこ》の君がためにぞ求め出《い》でたる

日本のではない、中国の猫をあたなたのために探してきました。

（『夫木《ふぼく》和歌抄』）

で、三番目が柏木《かしわぎ》のあの歌です。

恋ひわぶる人のかたみと手ならせばなれよ何とてなく音《ね》なるらむ

恋しい人の形見と思ってかわいがっているのに、お前はまたなぜそんなふうに鳴くのだ。

（『源氏物語』若菜）

二首とも前にいちど紹介しましたから、説明ははぶきますよ（25、53頁）。花山上皇のほうは、おそらく九九〇年代に詠まれたもの。『源氏物語』は諸説ありますが、取りあえず一〇一〇年代と考えておけば問題なさそうです。

三つの歌を比べてみてください。「猫」という言葉は花山上皇しか使ってません。どうにかして直接的な表現を避けようとしたんでしょうね。よほど和歌には縁のない動物だと思われてたらしい。かわいそうに。

日本最初のノラ猫

でも、猫の歌が三首しかなくて、一首はわけが分からない。もう一首はメッセージカード代わり。最後の一首はちょっときもちわるい、っていうんじゃ、困りますねえ。

というわけで、いっしょうけんめい四首目を探す。鵜《う》の目鷹《たか》の目で探す。

そうすると……、やはり見つかるものですね。だいぶ時代はくだりますが、源仲正《なかまさ》という人の作品がありました。一一〇〇年代の前半に詠まれたものだと思います。

野に寄する恋
真葛原《まくずはら》下這《したは》ひ歩《あり》く野良猫《のらねこ》の夏毛かたきは妹《いも》が心か

野原の葛《くず》の葉の下をはって歩いている野良猫《のらねこ》のかたい夏毛。その夏毛みたいに、あなたの心はかたくて、決してわたしになついてくれない。

（『夫木《ふぼく》和歌抄』）

「野に寄する恋」というのは歌の題です。「〝野〟と結びつけて恋の歌をつくってください」ということ。うーん、ずいぶんいじわるだなあ。だってふつうに考えたら「野」と「恋」なんて関係あるはずないもん。

これは歌人の技術をテストしてるんです。むずかしい課題を解決できるかどうか、一種の腕試しみたいなものだと思ってください。みんなで頭をひねって、いろいろ工夫する。仲正が思いついたのは、野良猫《のらねこ》を登場させるという奇抜な趣向でした。

野良猫だから、野原を歩いています。折しも季節は夏。あたり一面葛《くず》がひろがっている。え、今でも川沿いの空き地に行くと生えてますね。葉の大きな蔓《つる》性の植物で、秋口になるとちいさな紫色の花が咲きます。

葛の葉の下をはってゆく猫は、夏のことですから、抜けかわる前のごわごわしたかたい毛をしている。野良猫だからめったに人に撫《な》でられたりしないのでしょう。手触りはうんと粗《あら》い。

生い繁る葛の葉

それを見て、男は愚痴《ぐち》を言います。
「まるで君は、夏毛の猫みたいだね。少しも打ちとけてくれないじゃないか」

歌のなかに出てくる「妹《いも》」は、愛しい女への呼びかけ。妹《いもうと》じゃありませんよ。妻や恋人に対して使います。

枕は交《か》わしても、今ひとつ心を許してくれない女の人だった。もっと隔《へだ》てのない仲になりたいのに、と男は恨みます。もちろん本気で抗議してるわけじゃありません。すねたふりをして甘えてるんですね。**「ぼくばっかり夢中になっているみたいで、さみしいなあ。君にやさしくしてもらいたいよ」**ということ。

つれない恋人を猫の夏毛にたとえるだなんて、目のつけどころがじつに秀逸《しゅういつ》。ふつうでは思いつかない発想です。でも、言われてみると、すんなり納得できる。

ほら、『源氏物語』にあったでしょう？　当時の人たちは、猫が飼い主になついているかどうか、やたら気にしていました。「猫はまだ人になついていなかったのか、大変長い綱《つな》がついていた」

とか（46頁）、「猫なんてどれでも同じようなものですが、性格がやさしくて、人なつっこいのは格別ですね」とか（51頁）。

だから、野良猫といえば人になつかないものの代表、と連想がはたらいたんでしょう（ちなみに「夏毛かたき」は「懐《なつ》け難《がた》き」の掛詞《かけことば》です）。なかなか心を許してくれないだなんて君そっくりじゃないか、と女をからかった。いかにも洒落た発想です。うまい。気がきいてるなあ。

それにしても、野良猫って平安時代からいたんですね。貴族が飼っている由緒《ゆいしょ》正しき血筋のお猫さまもいれば、原っぱをほっつき歩いてるのんきなやつもいて、上から下までずいぶんと幅がひろい。『信貴山縁起絵巻《しぎさんえんぎえまき》』（一一五〇年ごろ）という絵巻物には商人の家で飼われている猫が登場するくらいですから、庶民のあいだにもペットとしてずいぶん普及していたに違いありません。

猫うたの歴史を変えた源頼政

源仲正《なかまさ》は白河《しらかわ》上皇や鳥羽《とば》上皇に仕えた武士でした。よほど和歌好きだったと見えて、いろいろおもしろい作品を残しているのですが、**じつは息子の頼政《よりまさ》にも素敵な猫うたがあります。**

頼政、ご存じですか？　ええ、『平家物語』に出てくるあの人です。

平家《へいけ》全盛の世の中に、以仁王《もちひと》という皇族にしたがって反乱を起こし、あっという間に滅ぼされてしまうかわいそうな老将。もしかすると、最近では「若いころ鵺《ぬえ》という怪物を退治して、近衛《このえ》天皇から名剣獅子《しし》王《おう》を賜《たまわ》った人」と説明したほうが分かりやすいかもしれません。

じつは彼、平安末期を代表する歌人でもあったんです。前にご紹介した藤原俊成《としなり》が「すばらしい名人」と褒めてるくらいですから、よほど上手だったんでしょう。すっきりと華やかな作風はいかにも新時代の才能といった印象で、とても武士の手すさびといったレベルではありません。

頼政の歌は『為忠家後度百首《ためただけごどひやくしゆ》』（一一三五年ごろ）という本に載っています。

わづかに見る恋

猫の緒《を》に掛かりし御簾《みす》の間《はざま》よりほの見し人をねうとこそ思へ

ほんのすこしだけ見た、という段階の恋

猫の綱《つな》にひっかかってめくれた御簾《みす》のすき間から、ほのかに見かけた人。猫の鳴き声ではないけれど、ベッドインしたいなあ。

ええ、『源氏物語』ですね。

逃げだした猫のせいで御簾《みす》がめくれて、女三《おんなさん》の宮《みや》のすがたが見えてしまう場面（46頁）。それから、猫を奪いとった柏木《かしわぎ》が「ねうねう」という鳴き声を愛でる場面（53頁）。二つを上手に組みあわせてあります。

「若菜」の巻をたった三十一文字に要約してしまうとは、まことに恐るべき手ぎわのよさですが、歌としても非常に魅力的。「猫の綱《つな》にひっかかってめくれた御簾《みす》のすき間から、ほのかに見かけた人……」というあたりまで読んで、

「ああ、猫は脇役なんだ」

と油断してたら、**いきなり「ねうとこそ思へ」なんて殺し文句が出てくる**んですもの。最後にくるっとひっくりかえって、偶然の出会いも、男心の切なさも、かなうことのない情欲も、すべてが一匹の猫によって象徴さ

れる。

だけど、この歌、ただ『源氏物語』をなぞっているだけではありません。思いだしてください。柏木にとって猫は女三の宮の身代わりでした。当然、「ねうねう」という鳴き声も、まるで女三の宮が「いっしょに寝たいの」と言ってるみたいに聞こえる。だからむやみと興奮するんです（うーん、きもちわるい）。

一方、頼政の歌は「猫の鳴き声ではないけれど、あの人と共寝《ともね》したい」という内容でしょ？「ねうねう」は猫の声。「あの人」、つまり女三の宮とベッドインしたいのは柏木。……お分かりになります？ **猫も「寝たい」と鳴くし、柏木も「寝たい」。和歌のなかでは、猫と柏木が重ねあわされています。**

ほら『源氏物語』の例の場面は、柏木と猫の二人きりだったでしょ？ だから女三の宮の代役に猫を使っていることが、読者にもよく伝わった。

ところが頼政の歌には、猫も、「ほの見し人」も、柏木も出てきます。

二人と一匹の関係は

「猫は柏木と寝たい」
「柏木も女三の宮と寝たい」

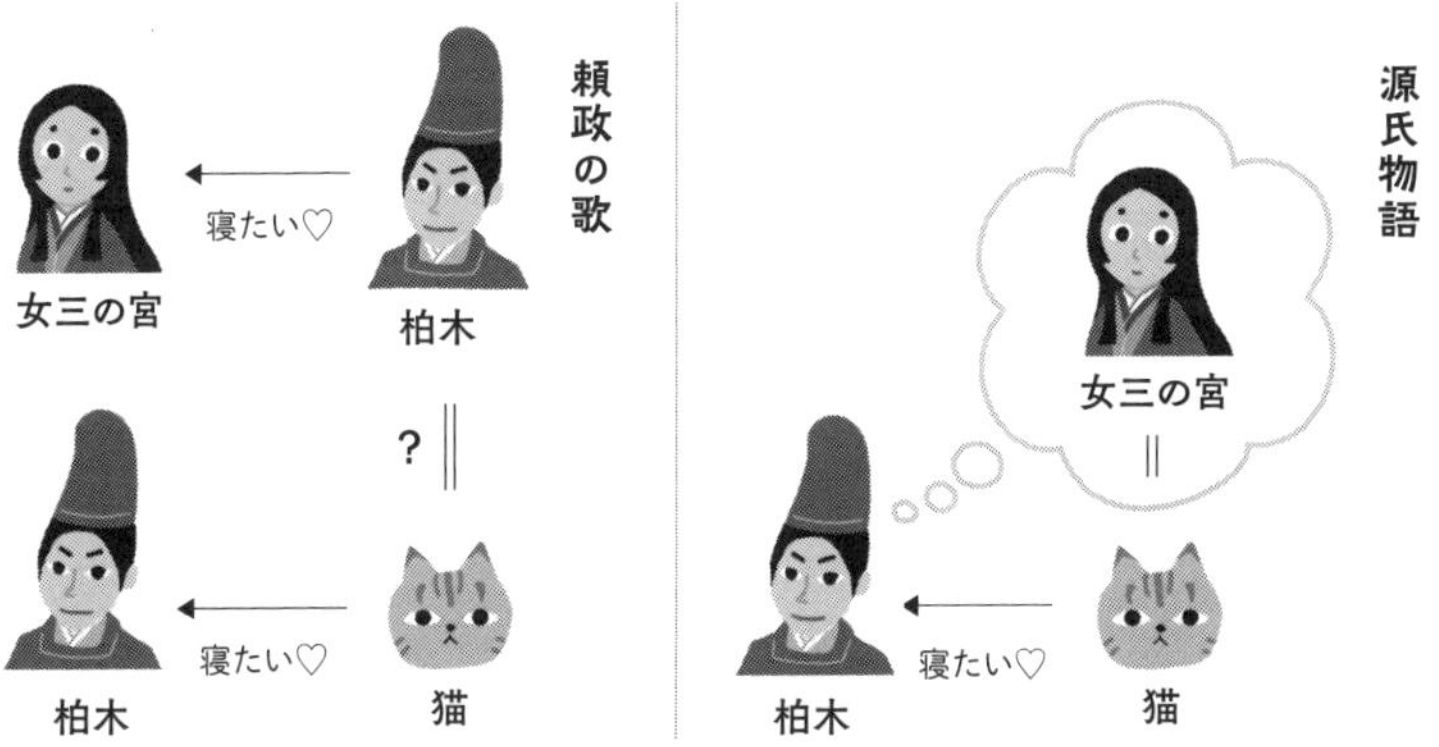

『源氏物語』と頼政の歌の人猫関係

「女三の宮はべつに柏木と寝たくない」

「でも、柏木は〝猫、つまり女三の宮は自分と寝たがっている〟と思っている」

とやたら入りくんでて、短い字数で説明するのは難しい。そこでシンプルがいちばんとばかり、

「猫も柏木もだれかと寝たい」

とまとめてしまったんですね。


たしかにこっちのほうがすっきりしているし、分かりやすい。おかげで読者は人間関係（人猫関係？）に頭を悩ませる必要がなくなって、恋心の切なさを味わう余裕が生まれてきます。

特に「ほの見し」という言葉の使いかたがすばらしい。含みがあって、色っぽくて、見てしまったせいで、いっそう強く求めたくなる男の気持ちがよくあらわれています。ほんの一瞬のことなのに、いや、

一瞬のことだからこそ「ねうとこそ思へ」という願望が引きおこされる。もしかすると、まとわりつく「猫の緒《を》」は柏木の恋をあらわすのかもしれません。断ちきれない運命の糸が、いろいろなものにひっかかり、からまり、物語は進んでゆきます。

「ほの見し」にしろ、「猫の緒《を》」にしろ、何の気なしに選んだ表現のようでいて、細心の注意がはらわれているところが、頼政のうまさですね。決して『源氏物語』のダイジェスト版なんかじゃない。きちんと一首の歌になっています。

和歌はフィクションだ

『為忠家後度百首《ためただけごどひやくしゆ》』は、藤原為忠《ためただ》という貴族が歌人たちに「一人百首ずつ、歌をつくってください」と呼びかけた作品です。

本文の右側に「わづかに見る恋」と書いてあったでしょう？　あれが主催者側で指定した題です。

「ちょっとだけ姿を見た、という段階の恋」

ほかにもたくさん恋歌の注文があって、出会いとか、片想いとか、別れとか、いちいち細かい詠みわけをしなくちゃいけなかったらしい。けっこうややこしいんですね。試行錯誤《しこうさくご》してい

るうちに、

「そうか、〝わずかに見る恋〟なら、柏木《かしわぎ》の話を応用すればぴったりだ」

と気がついたんじゃないかな。

ですから、**頼政《よりまさ》の歌は空想です。実際の体験とは関係ありません。**

平安時代の和歌って、こういうのが多いんです。もちろん日々起こったことをそのままうたった作品もありますが、気合いを入れたイベントになると、いっしょうけんめい架空の話を考える。当然、歌のなかの「わたし」は作者自身ではありません。小説の主人公みたいなものです。

頼政の場合は『源氏物語』を利用した二次創作といったところでしょうか。筋《すじ》も、設定も「若菜」の巻をなぞりながら、物語とは少し違ったかたちで柏木の心理を描いてゆくわけです。まるで、紫式部が書きもらした場面を三十一文字でおぎなうように。きっと彼は『源氏物語』の愛読者だったんだろうなあ。

恋する猫とお坊さん

一一〇〇年代に入ると、急に猫うたが増えます。

もっとも、増えるといったって数はたかが知れてるんですが、花山《かざん》上皇や『源氏物語』のころに比べると、もうすこし中身がともなってくるだけに読んでいて楽しめる。

まず、仲正《なかまさ》と頼政《よりまさ》父子の歌があるでしょう？

それから、寂蓮《じやくれん》というお坊さんにも次の作品がありました。『左大将家十題百首《さだいしようけじゆうだいひやくしゆ》』（一一九一年）という催しで詠んだらしい。


よそにだに夜床《よどこ》も知らぬ野良猫《のらねこ》の鳴く音《ね》は誰《たれ》に契《ちぎ》りおきけん

（『夫木《ふぼく》和歌抄』）

どこで寝ているかよく分からない野良猫《のらねこ》が、何だか切なげに鳴いている。一体だれと約束を交わしたというのかしら。


野良猫《のらねこ》ですから、決まった「夜床《よどこ》」はありません。いつもふらふらしてるのを「毎晩いろんな人にかわいがってもらってるんですってね？　今夜の宿泊先はどちらかしら。きっと素敵なお宅なんでしょう」

とからかった歌です。猫は、たぶん浮気男の比喩じゃないかなあ。

あっちこっちに相手がいるせいか、めったに顔を見せてくれない男。何の気まぐれか、久しぶりに訪ねてきた。でもあまりにご無沙汰《ぶさた》すぎて彼女のほうはすっかりすねています。戸を叩いたってなかなか入れてくれない。やむなく男は甘い言葉をささやいてご機嫌をとる。それが「鳴く音《ね》」。だけど女のほうはまだ怒ってて、「どこで寝ているかよく分からない野良猫が……」なんて歌を口ずさんだと考えると、怖いですねえ。にっこり笑って、空《そら》とぼけて、

「ほかの方と間違ってません？　でも、こんな猫ちゃんとお約束しているおうち、近くにはなさそうな気もしますけど」

と言ってるわけですから。

もちろん、ほんものの猫がにゃあにゃあ鳴いているのを聞いて詠んだ、と考えることもできますが、「夜床《よどこ》」に「鳴く（泣く）」に「契《ちぎ》り」ですもの。人間の恋として読むほうが自然でしょう。

え？　寂蓮はお坊さんなのに、恋歌はへんだって？

いいんです。だって、空想だから。そもそも寂蓮の実体験を詠んだのなら、性別がおかしいでしょう。歌のなかの「わたし」は、野良猫に腹を立ててる女。どう見たってお坊さんなんかじゃありません。

ね、みんな作りごとなんです。でも、ちっともかまわない。**だって、にゃんこがとっても魅力的なんだもの。**

米粒写経でイノベーション

いかがですか、このころの猫うたはどれも読みごたえがあるでしょう?

仲正《なかまさ》、頼政《よりまさ》、寂蓮《じゃくれん》。みんな一一〇〇年代の作品ですね。

もちろん偶然の一致ではありません。何となくですが、理由は説明がつきます。

たとえば、仲正。彼には変なくせがあって、ものすごく変わった題材を取りあげようとするんですね。蟹《かに》とか、柿の葉とか、ほかの人が見向きもしないテーマをあえて選ぶ。野良猫《のらねこ》もそうした遊びごころのあらわれなんじゃないかな。

あるいは、頼政。『為忠家後度百首《ためただけごどひゃくしゅ》』には、猫以外にもかなり変わった作品があります。しかも頼政ひとりじゃありません。和歌ではふつう扱わない題材が出てきて、驚かされる。

そして寂蓮。例の猫うたは『左大将家十題百首《さだいしょうけじゅうだいひゃくしゅ》』のために準備されたものですが、これは十の題で十首ずつ、合わせて百首をつくるというイベントでした。「天」やら、「地」やら、いろいろ題があるなかで、猫は「獣」のひとつとして詠まれたらしい。

いいですか、「獣」ですよ、「獣」。和歌に出てくる動物なんて、鳥を別にすれば、せいぜい馬と鹿くらいしかありません。でも、十首という注文がある以上、**馬、鹿、馬、鹿、馬**……でごまかすわけにもいかない。参加した歌人たちはそろって頭を悩ませたようです。

つまり、それが催しのねらいだったんでしょう。腕前を見きわめるために、あえて難しい題を出した。言ってみれば、

「米粒に『般若心経《はんにゃしんぎょう》』書けるか？」

みたいな挑戦状を突きつけたんですね。でも、さすが寂蓮。今までほとんど誰も詠んだことのない猫の歌をつくって、みんなをびっくりさせます。想像を上まわる超絶技巧《ちょうぜつぎこう》は、まさしく職人魂のたまもの。一粒に二回『般若心経』を書いて提出しちゃった。

もうお分かりですよね、三首の共通点。

みんな今までとは少しでも違う、新しい和歌をつくろうとして、猫を詠んだんです。

歌には伝統的なお約束があります。牛を詠まない。ぺんぺん草を詠まない。唾壺《だこ》を詠まない。

でも、お約束にしたがってばかりでは、新しいものは生まれてきません。

だから、あえて決まりを破ってみる。

仲正みたいに好奇心からルール無視に踏みきる人もいれば、寂蓮のように規則違反せざるをえない状況に追いこまれた人もいますが、ひっくるめて言えば、一一〇〇年代の和歌はとってもアヴァンギャルドで、実験的でした。既製の秩序や美意識、伝統と戦いながら、新しいもの

を生みだそうという気概《きがい》に満ちている。

猫うたは、そうした挑戦の結果だったんですね。

和歌ではふつう猫を詠まない。でも、あえて猫を詠んでみようじゃないか、という歌人たちが平安末期の社会にはいたんです。

「お約束」は進化していく

最近の少女漫画、ご覧になったことあります？

久しぶりに読んで、びっくりしました。だって「りぼん」や「別冊マーガレット」の誌面に鼻の穴が描かれてるんですもの。もちろんかなりひかえ目なタッチではありますが、ぼくのような古い読者からすると隔世《かくせい》の感があります。学生に聞いたら、

「鼻の穴を描いてる漫画、けっこうありますよね。たぶん『NANA』あたりからはやったんじゃないですか？」

なんて教えてくれたけど、なるほどねえ。『NANA』か。これってやっぱり「鼻の穴を描かないとリアルじゃない」という気持ちが、作者にも、読者にも（ようやく）生まれてきた証拠でしょうね。

もちろん鼻の穴を描かないのは少女漫画のお約束なのですが、お約束を後生《ごしょう》大事に守っていると、だんだん偽善的な感じになってきます。みんなで大事なことに口をつぐんで、現実から目を背《そむ》けているみたいな。だから、ある日突然、

「お約束なんてクソ食らえ」

というパンクな表現者があらわれる。社会の偽善に異議をとなえて、反逆を起こすわけです（いかにも『NANA』っぽい）。

でも、ただ鼻の穴を描けばいいわけではありません。

少女漫画には少女漫画の絵柄《えがら》というものがあるでしょう。作品としての完成度を保つためには、鼻の穴が登場人物の顔立ちや表情、構図、場面の雰囲気と調和していなくてはいけない。そのためには作者がうんと知恵をしぼる必要があります。今までと絵の描きかたを変えたり、キャラクターの設定を工夫したり、ことによったらストーリーに影響が出てくるかもしれません。

和歌だって同じです。

猫を詠むこと自体はむずかしくありません。けれども、和歌の場合はかならず「雅びやかな雰囲気を保ったうえで」というただし書きがつくんですね。ややこしいことに。

平安貴族たちは

「猫？　猫はかわいいよ。大事なペットだねえ。見た目も魅力的だ。……うーん、でも、和歌に詠むのはどうだろう。ふつうもっと昔ながらの、格調ある、端正《たんせい》できちんとした題材を扱うんじゃないかなあ」

と考えてました。猫うたなんてものは、ピンクの生地でリクルート・スーツを作るくらいの無理難題なんです。仲正《なかまさ》だって、寂蓮《じゃくれん》だって、苦心惨憺《くしんさんたん》、彫心鏤骨《ちょうしんるこつ》、身もほそらんばかりに思案を重ねたことでしょう。

覚えてますか、仲正の歌。「野良猫《のらねこ》の夏毛みたいにあなたの心はかたくて、決してわたしに打ちとけてくれない」。クールな彼女にすねて甘えかかるような作品でした。一方、寂蓮の歌は「野良猫さんは、一体どこのだれと約束を交わしているのかしら。何だか恋しげに鳴いているけど」と浮気男を責める内容。

二つに共通するのは、恋の情趣ですね。

猫と雅びは両立しなければいけない。でも、猫を登場させると、あまり雅びっぽくなくなる。

歌人たちはいろいろ悩んだ結果、

「やっぱり雅びな成分を、もうすこし何か足しておかなきゃなあ」

ということで、クールな彼女や浮気っぽい男を登場させたんでしょう。

安易といえばたしかに安易ですが、平安時代の社会ではこれこそもっとも正統な解決方法だったのかもしれません。何しろ彼らは「恋愛ほど優雅なものはない」という文明のなかで生きてたんですから、

猫×恋＝雅び

なんて公式はだれでも思いついたはず。

えらいのは頼政《よりまさ》ですね。公式をうんと洗練させた。

だって、考えてもみてください。仲正や寂蓮の和歌はたしかによくできているけど、あらたまって「どうして猫が恋と結びつくの？」と聞かれたら困ってしまいます。理由なんかないんだもの。

「えーっと、まあ、作者のほうの都合でしてゴニョゴニョ」

としか答えようがありません。

頼政は『源氏物語』を持ちだすことで、そこをうまくクリアしたんです。「猫の綱《つな》がひっかかっ

て御簾《みす》がめくれたせいで、あの人に恋をした」なんて詠まれると、みんな「なるほど、柏木《かしわぎ》と女三《おんなさん》の宮《みや》ね。たしかに猫と恋は結びつくなあ」と納得せざるをえないでしょう？　おかげで、

猫×恋＝源氏物語＝雅び

という新しい公式ができた。頼政のお手柄は鵺《ぬえ》退治だけじゃないんです。

じつはこの公式、のちのち猫うたに大きな影響を及ぼすのですが、それはまた次の章でくわしく。

その四

猫まっしぐら『源氏物語』の恋

鎌倉・室町時代の猫うた

そっけなさが切ない猫の愛

猫の魅力は、べたべたしないところ。

どんなに仲良くなったつもりでいても、油断《ゆだん》は禁物《きんもつ》です。急にぷいっと横を向いて、「わたし、あなたなんか知りませんけど」みたいな顔をしたりする（まえ会ったときはあんなにごろごろしてきたくせに）。

いろいろ構われると嫌気《いやけ》がさすんでしょうね。相手が近づきすぎたと思えば、さっと距離を取る。どんなに大事にされてても、愛情におぼれたりしないのが猫の生きかたです。

かわいげがない？

うーん、そういえば、昔、女友達に

「〝君って猫みたいだね〟は褒め言葉じゃないからね」

ってさんざん愚痴《ぐち》られたことがあったなあ。彼女は生粋《きっすい》の猫派でしたが、片想いしている人に冗談半分で言われたのを、ずいぶん気にしてたんです。「だって、切りかえが早くて、甘え下手ってことじゃない」ですって。

じつは、鎌倉時代の人も同じようなことを考えてたらしい。こんな猫うたが残っています。作者は土御門《つちみかど》上皇という人。

獣名十首

人心《ひとごころ》手飼《てが》ひの虎にあらねども馴《な》れししもなど疎《うと》くなるらん

親しかった人の心もいつの間にかはなれてゆく。まるで猫みたいに。どうして?

（『土御門院御集《ぎょしゅう》』）

「獣名十首」という前書きがありますから、たぶん何かの催しで獣の歌をたくさんつくらなきゃいけなかったんでしょう。前にも説明しましたが、「手飼《てが》ひの虎」は猫の別名（74頁）。**なつきはするけど、すぐ飼い主のことを忘れてしまう動物として描かれています。**もっとも土御門上皇の場合は

「心変わりは世の常《つね》だとしても、でも、さみしいな。猫ならともかく、人間まで」という気分なんだろうな。『源氏物語』は出てこないけど、たぶん恋の歌。しかも捨てられた女の立場でうたったものに違いありません。腹を立てるわけでも、恨むわけでもなく、ひたすら「人心」のはかなさを嘆く内容がじつに印象的な一首。

土御門上皇は有名な後鳥羽《ごとば》上皇の息子です。ただし親子仲はあまりうまくいってなかったらしい。お父さんが幕府に反乱（承久《じょうきゅう》の乱）を起こすときですら、事前に相談がなくて、蚊帳《かや》の外だったとか。だけど、負けた後鳥羽上皇がいざ隠岐《おき》（島根県）に流されることになると、

「何だか申しわけないから、わたしも流罪《るざい》にしてほしい」

と言いだして、けっきょく土佐《とさ》に行っちゃうんです（一二二一年）。

うーん、そんな人が詠んだ歌だと思うといっそう味わい深いですね。あきらめと未練が入りまじった複雑な表情で**「あんなに親しかったのに、どうして離れていってしまうのだろう」**とつぶやくすがたが目に浮かぶよう。

人間ってふしぎだなあ。猫につめたくされても許せるのに、人につめたくされるのは悲しい。

だから、つい

「君って〝手飼ひの虎〟みたい」

なんて口走ってしまうんでしょう。素直に「どこにもいかないで」って言えたらいいのに。猫好きはみんな恥ずかしがりやなんです。

流行歌にも登場、ねずみソング

平安時代の終わりごろ、猫の和歌はちょっとした流行になっていました。頼政《よりまさ》や寂蓮《じゃくれん》たちがつぎつぎに新たな実験を試みています。

ところが、鎌倉時代に入ると、ぱったりと見かけなくなる。

もちろん、猫がいなくなったわけじゃありません。説話や随筆にはよく登場するし、『新古今和歌集』で有名な藤原定家《さだいえ》は「うちの猫が野良犬《のらいぬ》に食われて死んじゃった」という日記を残しています。でも、和歌がないんです。いろいろ探してはみたのですが、定家にも、西行《さいぎょう》にも、後鳥羽《ごとば》上皇にもない。ぼくが見つけたのはたった一首、先ほどの土御門《つちみかど》上皇の作品だけ。ブームが終わっちゃったのかしら。

というわけで、**和歌以外の猫うた**をご紹介しましょう。

早歌《そうか》。このころはやった歌謡曲みたいなものです。うんと長い。ひとつの作品が和歌の何倍も、いや何十倍もあります。いろんなものをずらずら並べたてながら、当時としては速いリズムで、調子よく歌ってゆく……。うーん、今でいったら何だろう？　ラップをもうすこしメロディアスにした感じかな。韻《いん》は踏んでないけど。
猫が出てくるのは「霊鼠《れいそ》の誉《ほま》れ」という曲です（一三〇一年ごろ）。

妻戸《つまど》の隙間《すきま》、楣《まぐさ》のほとり、古屋《ふるや》の壁《かべ》に年を経《へ》て、住むてふ鼠《ねずみ》の、あなかま、猫に知られじはや。さばかりやさしき柏木《かしはぎ》の、なれよ何しに手に馴《な》らしけむ、冷《すさ》ましく鳴《な》く音《ね》を聞くも胸さわぎ、心迷ひぞよしなき。

戸のすき間や窓の上、古い家の壁などに長年住んでいる鼠《ねずみ》は、猫に気づかれないように「しっ、静かに！」と注意している。あの柏木《かしわぎ》が「お前はどうしてそんなふうに鳴くんだい？」と語りかけつつ飼いならした優雅な猫であっても、おそろしげな声で鳴くのを聞けば、鼠たちは胸さわぎをおぼえ、混乱してしまうのだ。

（明空《みょうくう》『宴曲抄《えんきょくしょう》』）

言ってしまえば「鼠《ねずみ》は猫をこわがる」というだけの歌詞ですが、わざわざ柏木《かしわぎ》を引きあいに出すのがおもしろい。

だって、猫と鼠だけじゃ、何だか血なまぐさい感じになっちゃうでしょ？　でも『源氏物語』をからませることで、急に優雅な雰囲気が出てきます。恋する男にとってはうっとりするような猫の鳴き声（「ねうねう」）が、鼠たちには恐ろしくて恐ろしくてたまらないという皮肉。恋と死が隣りあわせになることで、互いをいっそう引きたてあうんです。

早歌《そうか》というのは、ひとつのテーマからどれだけ多彩な話題を引きだせるかが勝負ですから、鼠から猫、猫から柏木なんて展開は、大いに受けたに違いありません。聴衆はきっと盛りあがったんだろうな。

連想で楽しむ「猫×柏木×女三の宮」

室町時代になると、また猫うたが目につくようになります。和歌はもちろんですが、連歌におもしろい作品が多い。

連歌ってご存じですか？　教科書の端っこに「中世を代表する文化」なんて書いてあった、あれです。何人かで集まって、五七五の句と七七の句を順々につくってゆく。うんと乱暴に言ってしまえば、**文学的な山手線《やまのてせん》ゲーム**ですね。思いついた答えをテンポよく披露《ひろう》しながら、みんなでにぎやかにさわぐ。だんだん座がほぐれてくると

「おっ、すごい着眼点」

「えー、今のはなしだよー」

みたいな句が飛びだしたりして、これがまた楽しい。和歌みたいに堅苦しくないんです。

連歌で大事なのはその場の勢い。当然、**猫のかわいさをじっくり愛《め》でるというより、ひらめきや連想の意外さでうけをねらった作品が多くなります。**

取りあえず、いちばん古い作品を見てみましょう（一四二四年）。

広葉《ひろは》に風の高き柏木《かしはぎ》　貞成親王《さだふさしんのう》
つなぎえぬ猫の引縄《ひきなは》短きに　正永《しょうえい》
よも暗からじ月の夜鼠《よねずみ》　田向長資《たむけながすけ》

柏《かしわ》の大きな葉が風に揺れてがさごそいってる。

綱《つな》が短いから、猫をつなぐことができない。

月夜に出てくる鼠《ねずみ》の命は、はかなく、無常だ。

（『看聞《かんもん》日記』紙背《しはい》連歌より）

ほんとはもっともっと長いのですが、三句だけ抜きだしてみました。
はじめの「広葉《ひろは》に風の高き柏木《かしはぎ》」は貞成親王《さだふさしんのう》という人の句。七七のかたちになっています。「柏《かしわ》の葉は大きいから、風に揺られてがさごそいっている」。

お次は五七五をつくる順番ですが、もちろん好き勝手に詠んではいけません。前からちゃんと話がつながってることが大事。でも、まったく同じ内容を繰りかえすだけではつまらない。匙加減《さじかげん》がむずかしいんです。

正永《しょうえい》の場合は『源氏物語』を引っぱりだして
「柏木に浮名《うきな》が立ったのは、猫の綱《つな》が短くてつなげなかったせいだ」
と展開することにしたみたいです。つまり、前の句に出てくる「柏木」を人の名前、「風の高き」を噂がひろまることの比喩と見立てたのでしょう。

貞成親王にしてみれば
「おいおい、そんなつもりの句じゃないんだけどなあ」
と言いたいところかもしれませんが、**連歌って作者の意図が絶対ではないんですね。次を付ける人が、ある程度自由に読みかえてかまわない。**だから、流れのなかで思いもよらぬ文脈が生まれたりします。柏《かしわ》の木が平安朝の貴公子に変身するように。

さて、五七五の後には、また七七をつけるのが決まり。

三句目の担当は田向長資《たむけながすけ》という人です。

彼はなかなかの技巧派で、あえて前の句の典拠《てんきょ》『源氏物語』を無視し、ふつうの飼い猫を詠んだものとして解釈しなおしました。つまり「猫をつないでないから、鼠は命がけだ」というわけです。しかも「生きとし生けるものはみな無常である、いつ死ぬか分からない」と、仏教的な教訓を持ち出して変化をつけている。「月の夜鼠《よねずみ》」は時が過ぎゆくことのたとえで、『賓頭《びんず》盧説法経《るせっぽうきょう》』というお経に出てくるのだとか。

要するに
「月に村雲《むらくも》、花に風。鼠は猫にねらわれて、いつ命がなくなるか分からない。ああ、はかない世の中だなあ」

と嘆いてるんです。色っぽい話だったのが、たった一句でしんみりしちゃった。

うーん、じつにあざやかな切りかえし。連歌の醍醐味《だいごみ》って、やっぱりこういうところにあります。**みんなでよってたかって作る文学だから、思いもよらない発想が生まれてくる。**室町時代の人が夢中になったのも分かるでしょう？

さあ、猫の連歌をもうひとつ。一五五五年の作品です。

魂は人に添ふかと身にしめて
ゆかりと知れば猫もなつかし

里村紹巴《じょうは》
三条西公条《さんじょうにしきんえだ》

抜けだした魂は恋しい人のところに行ってきたのだろうか。移《うつ》り香《が》がただよっている。
ゆかりの猫だと思うと心がひかれる。

（『石山《いしやま》四吟《しぎん》千句《せんく》』）

これも『源氏物語』ですね。

昔の人は「ぼーっと物思いにふけっていると、魂が体から抜けだしてしまう」と考えていました。一句目はそれを踏まえています。「ふっと気づくといい匂いがする。どうやらわたしの魂は、あの人のところに出かけていたらしい。ようやくもどってきたんだね、おかえり」。

べつに女三《おんなさん》の宮《みや》を詠んだわけではないのですが、次にひかえていた公条《きんえだ》は、紹巴《じょうは》の句を『源氏物語』の一場面と見立てたんですね。つまりは勝手に解釈しちゃった。

「〝移《うつ》り香《が》がただよっている〟のは人だけじゃない。猫だってそうなんだ」なんて想像をめぐらして、**「あの人の飼い猫にまで心ひかれる」**と詠んだんです。

ほら、覚えてますか、女三の宮との出会いのシーン。綱《つな》がからまって御簾《みす》がめくれ、彼女のすがたを見てしまった柏木は、一目で恋に落ちます。感激のあまり、逃げだしたにゃんこをそっと抱きしめるととてもいい匂いがした、という文章（50頁）があったでしょう？
猫は恋しい人の香りがする。だから心ひかれる「ゆかり」なんですね。

連歌の猫は『源氏物語』の香り

猫の連歌を見ていると、たいていは『源氏物語』を使って句を付けているようです。たとえば

見えつるほどの猫の首綱《くびつな》　作者不詳
長き夜も我になつかぬ夢は憂《う》し　心敬《しんけい》

あの人の姿が見えてしまうほど長い猫の綱《つな》。
長い夜を過ごしても、わたしになついてくれない夢はつらいなあ。
（『心玉集《しんぎょくしゅう》』）

一句目は説明しなくたって分かりますよね。猫の綱《つな》が御簾《みす》にひっかかるくだりです。「若菜」

の巻にあるとおり、すべては「まだ人になついていなかったのか、大変長い綱《つな》がついていた」（46頁）ところからはじまった。

二句目は柏木《かしわぎ》と女三《おんなさん》の宮《みや》が密通《みっつう》する場面を踏まえているのでしょう。はかない逢瀬《おうせ》をぼかして「夢」と表現しています。

それから、ほら、柏木が女三の宮に猫を返そうとする夢を見ますよね。もしかしたら、あれを意識してるのかもしれません。「猫の夢は妊娠のしるし」という『源氏物語』の注釈を紹介しましたが（61頁）、お腹に赤ちゃんができても彼女はどこかよそよそしいまま。あきらめきれない男心の悲しさをあらわした句です。

やや時代はくだりますが、もうひとつ、戦国時代の『元亀二年三月千句』（一五七一年）という連歌を紹介しておきましょう。

飽《あ》かぬに鞠《まり》の庭ぞ暮れぬる　石井了玄《りょうげん》
小簾《こす》の外《と》の猫の声さへなつかしみ　心前《しんぜん》

まだ満足できないのに、蹴鞠《けまり》の庭は暮れてしまった。

御簾《みす》の外で鳴いている猫の声にまで心がひかれる。

最初の句は「蹴鞠《けまり》をし足りないなあ」というだけの内容ですが、次の人が「女三の宮のすがたをもっと眺めていたいのに、日が暮れて、庭はもう薄暗くなってしまった」と解釈しなおしたんでしょうね。「鞠の庭」は蹴鞠をする場所。フットサル・コートみたいなものだと思ってください。

二句目は「さへ」が肝心《かんじん》です。**猫の声ですらゆかしく感じるのは、つまり「ましてあの人に心引かれぬはずはない」ということ。**あえて直接的な表現を避けることで、憧《あこが》れの対象をそれとなく印象づけようとしています。技法としてはありきたりだけど、鞠や猫、御簾《みす》といったイメージのあしらいかたがうまくて、なかなか読ませる。王朝絵巻の世界だなあ。

虎の巻まで『源氏』まみれ

いかがです？　連歌の猫って『源氏物語』ばかりでしょう？

どうしてこんなことになるのか、不思議に思われるかもしれません。

でも、答えは簡単です。

連歌ってひとりで作るものではありません。自分が句を詠んだら、かならず次を付ける人がいる。当然、**みんなが「なるほど、あれね」と納得できる内容でないと困るんです。**だれも知らないような猫の話を持ちだされると、後が続かなくなっちゃうもの。だから、つい有名な作品に頼ってしまうんですね。

連歌には虎《とら》の巻《まき》があります。前の句にこの話題が出たら、次はこれ、というのをまとめた本がいろいろ伝わっている。今でいえば連想語彙《ごい》辞典といったところでしょうが、その一冊『連《れん》珠合璧集《じゆがつぺきしゆう》』（一四七六年ごろ）で「猫」を引くと、

猫トアラバ、
綱《つな》 鞠《まり》源 柏木《かしはぎ》同 かき撫でて同 虎 ねうねう源
源恋ひわぶる人のかたみと手ならせばなれよ何とてなく音《ね》なるらむ

前の句に「猫」が出てきたら、「綱《つな》」、「鞠《まり》」（典拠《てんきよ》は『源氏物語』）、「柏木《かしわぎ》」（同上）、「かき撫でて」（同上）、「虎」、「ねうねう」（典拠は『源氏物語』）、といった言葉、あるいは「恋ひわぶる人のかたみと手ならせばなれよ何とてなく音なるらん」（典拠は『源氏物語』）という歌を使って次の句を詠めばよい。

なんて説明してあります。小さな字で「源」と書いてあるのは「『源氏物語』が出典」という意味。

ええ、「鞠」も、「柏木」も、「かき撫でて」も、「ねうねう」も、みーんな『源氏物語』です。

どうやら、ほかに何も思いつかなかったらしい。連歌師のあいだではきっと
「猫が出てきたら、『源氏』で付けよう」

が合言葉だったんだろうな。

おかげで柏木の愛猫ばかりが、何度も何度も繰りかえし詠まれることになりました。『枕草子』にだって、『更級日記《さらしな》』にだってにゃんこは登場するのに、『源氏物語』だけが圧倒的に有名になっちゃったんです。

ビジュアル重視「猫に牡丹」

連歌の話をしたついでに、ちょっと脱線。

豊臣秀吉がまだ信長の家来だったころ、戦勝祈願のためにつくらせた『羽柴千句《はしばせんく》』（一五七八年）という連歌のなかに、めずらしく『源氏物語』と関係のない猫が登場します。


猫の子は馴《な》るる手飼《てが》ひの程《ほど》知らで　里村紹巴《じようは》

咲く陰こそはなほ深見草《ふかみぐさ》　心前《しんぜん》

猫の子はどれくらい飼っていればなつくのか分からない。
大きな影をつくる深見草《ふかみぐさ》（牡丹《ぼたん》の別名）の花。

心前《しんぜん》の句は、たぶん「猫は牡丹《ぼたん》が大好き（なついている）だから、花陰にかくれている」という意味だと思うんです。だって、ふつうに読めば「猫の子」と「深見草《ふかみぐさ》」のあいだには何の関係もないわけでしょう。たぶん、

「猫に牡丹」

が定番の組みあわせになっていたからこそ、ぱっと連想がはたらいたんじゃないかな。梅に鶯《うぐいす》、紅葉《もみじ》に鹿は知ってるけど（そして、猫に鰹節《かつぶし》も知ってるけど）、こんなの初耳だなあ。

でも、戦国時代の人にとってはごくふつうの知識だったようです。当時の本を読んでると、たまに「牡丹の花の下で猫が眠っている絵（の余白に書いた漢詩）」というのに出くわしたりする。たとえば瑞巌竜惺《ずいがんりゅうせい》というお坊さんには、次のような作品がありました。

牡丹《ぼたん》の庭院《ていゐん》　午陰《ごいん》の前、

猫子《べうし》眼《まなこ》欹《そばだ》ちてなほいまだ眠らず。
知る　爾《なんぢ》もまた閑草木《かんさうもく》を嫌《いと》ひ、
花王叢裏《くわわうそうり》　春天《しゆんてん》を送らんとするを。

真昼、牡丹《ぼたん》の花が咲く庭で、猫はまだ眠らず目をそばだてている。ああ、お前もつまらない植物を嫌がって「花の王」（牡丹）のところで春の日を過ごすのだね。

（『翰林五鳳集《かんりんごほうしゅう》』）

「猫子《べうし》」は猫のこと。子猫じゃありませんよ。「目をそばだてている」というのは、明るいところにいるせいで、黒目が細く、縦長になってるんですね。

東京の根津《ねづ》美術館にほぼ同じ内容の絵（ただし、おまけで蝶《ちょう》も描いてある）がのこっていますから、よほどありふれた図柄《ずがら》だったに違いありません。物の本によると、もとは中国のおめでたい画題だったのが、日本に輸入されて流行したんだとか。牡丹は富の、猫と蝶は長寿の象徴なんですって。**現代なら、さしずめ年賀状でおなじみの「富士山に初日の出」が海外でバズってるみたいな感じでしょうか。**

ちなみにさっきの詩には蝶が出てきませんが、熙春竜喜《きしゅんりゅうき》の「猫の賛《さん》」（猫の絵をほめる）とい

牡丹の花蔭にうずくまる猫、視線の先に蝶がいる
「牡丹猫図」（蔵三《ぞうさん》筆　室町時代16世紀）根津美術館蔵

う作品にはちゃんと「胡蝶《こてふ》」も詠みこまれています。

利牙《りが》捷爪《せふさう》　ひそかに形を蔵《かく》し、
胡蝶《こてふ》飛ぶあたり　睡《ねむ》り始めて醒《さ》む。
三老の一刀　鋒《ほう》かへつて鈍く、
なほ毛骨《まうこつ》の丹青《たんせい》に入《い》るを余《あま》す。

蝶々《ちょうちょ》が飛んでいるすぐそばで、するどい牙《きば》や爪をかくして眠りこけていた猫は、今ようやく目が覚めたらしい。南《なん》泉《せん》の切っ先が鈍ったおかげで、猫はこの絵のなかに逃げこんだのだ。

（『清渓集《せいけいしゅう》』）

「三老の一刀」とか、「南泉《なんせん》の切っ先」というのは、中国の南泉普願《なんせんふがん》というお坊さん

の有名な逸話《いつわ》で、ある日、お寺で猫の取りあい（まじめに修行しろよ……）が起こったとき、みんなの前に進みでて

「諸君、悟りとはいったい何だ。言えないなら、にゃんこは斬ってしまうぞ」

と呼びかけたんですって。それ以来、「南泉斬猫《なんせんざんみょう》」が禅問答の課題（公案《こうあん》）になったらしい。

でも、猫を斬っちゃうなんてかわいそう。だから、作者は「うまく刃《やいば》をかわして、絵のなかに逃げこんだみたいだよ。だって、まるで生きてるみたいな猫じゃないか」と洒落てみたんでしょうね。詩には出てこないけど、もちろん絵のなかには満開の牡丹も描いてあったはず。

『羽柴千句』をつくった人たちは、こうした絵や漢詩を参考にしたんだと思います。もしかすると、次の句がなかなか出てこなくて扇子をぱちくりやってたら、「猫に牡丹」が描いてあることに気づいてヒントにしたのかもしれません。

ときには連歌にだって『源氏物語』じゃない猫が登場するんです。

猫の連歌は『NANA』？

だけど、**連歌の世界では、なぜこんなにたくさん猫が詠まれるのでしょう？**

ふしぎですよね。だって、和歌にはほとんど出てこないんだもの。ほら、「少女漫画の鼻の

穴といっしょだ」みたいな話をしたの、覚えてらっしゃいますか？　猫は雅びやかでないから、題材として不適格だと考えられていた（72頁）。**「猫の和歌は『NANA』みたいなもの。あえて鼻の穴を描くことに挑戦した意欲作なんです」**なんて説明もしましたっけ。

一方、連歌には（『源氏物語』と関係があるものも、ないものも含めて）とにかく猫がたくさん登場する。しかも「どうにかして連歌のなかで猫を詠んでみたい。うーん、何かいい工夫はないかなあ」とか「連歌で猫を取りあげたら、うけるだろうなあ」というような、妙に構えた感じじゃないんですね。ごく自然に、あたりまえの題材として描かれている。和歌とはぜんぜん雰囲気が違う。

もしかして、連歌師はみんな猫派だったのかな？

うーん、たぶんそうじゃない（そうだったらうれしいけど）。**和歌と連歌ではきっと「鼻の穴」の基準が異なっているんです。和歌はきびしい。でも、連歌はゆるい。**

思いだしてください。『NANA』が登場するまで、少女漫画の世界で鼻の穴は厳禁でした。ぜったいダメ。というか、そもそも鼻の穴を描くという発想すらなかった。でも、あの作品のおかげで

「鼻の穴を描いても、ちゃんと少女漫画っぽい絵になるんだ」

と分かると、いろんな漫画家が真似しはじめたでしょう。矢沢あいの才能が世間を納得させてしまったせいで、みんな昔みたいにうるさいことを言わなくなった（だから、近ごろは『アオハライド』みたいな、これぞ少女漫画という作品まで鼻の穴を描いてたりするんです）。


　要するに、和歌は『ベルサイユのばら』や『ママレード・ボーイ』であり、連歌は『NANA』以降の、もっと自由になった少女漫画の世界なんです。時代とともに、猫に対するとらえかたがまるっきり変化してしまった。


　きっかけ？　ぼくは『源氏物語』だと思ってます。

あるいは、こう言ったほうが正確かもしれません。『源氏物語』の利用価値に気づいたことだ、と。

だって、想像してみてください。あなたの目の前にものすごい頑固爺《がんこじじい》がいて、

「和歌や連歌に猫を詠んではならん！　昔からのしきたりじゃ」

とがんばってるとしたら、どうやって説得します？　「おじいちゃん、今はもうそんな時代じゃないんですよ」なんて言ったって、聞く耳持たないでしょう。


　昔を持ちだす人には昔で対抗するのがいちばん。

「でも、おじいちゃん、『源氏物語』に猫が登場するんですよ。有名な古典のなかに出てくるくら

いですから、真似したっていいんじゃないかしら。きっと優雅で上品な連歌ができると思うわ」ね？　平安時代ならともかく、室町時代くらいになると、「有名な古典」論法はきいただろうなあ。頭の固いうるさがたを『源氏物語』の権威《けんい》で黙らせてしまうんです。

あらためて考えてみると、頼政《よりまさ》ってほんとうに偉大ですね。何しろ『源氏』を使って猫うたをつくることを最初に思いついたんだから。もちろん連歌師たちが直接、「ねうとこそ思へ」の歌を真似したわけではないでしょうが、彼の工夫がなかったら、頑固爺はいつまでも口やかましいことを言っていたに違いありません。

「猫は『源氏物語』で詠めばいいんだ」という頼政の発見が、連歌の歴史に新しい扉《とびら》を開いたのです。

能の屁理屈、柳といえば猫

中世の人々はみんな『源氏物語』の猫に夢中だった。

証拠をお目に掛けましょう。

能ってご存じですよね？　ええ、室町時代のミュージカル。かっこいい俳優が出てきて（ただし、たいてい能面つき）、歌ったり、踊ったりする（ただし、すご一くゆっくり）お芝居ですが、『遊行《ゆぎょう》柳《やなぎ》』（一五一四年）という演目に猫が登場します。もちろん飼い主は柏木《かしわぎ》。

錦《にしき》をかざる諸人《もろびと》の、花やかなるや小簾《こす》の隙《ひま》。漏《も》りくる風の匂ひより、手飼《てが》ひの虎の引綱《ひきづな》も、長き思ひに楢《なら》の葉《は》の。その柏木の及びなき、恋路《こひぢ》もよしなしや。

御簾《みす》の内側には華やかに着飾《きかざ》った人々。猫の綱《つな》がひっかかった隙間《すきま》からただよってくる香りのせいで、長い物思いがはじまった。しかし、身分違いの柏《かしわ》木《ぎ》の恋は、決して実を結びはしないだろう。

能「遊行柳」　猫の綱を引っぱる柳の精（222頁）
シテ：弘田裕一　写真：芝田裕之（観世九皐会）

主人公は老いた柳の精。狩衣《かりぎぬ》に烏帽子《えぼし》という平安貴族みたいな格好で登場して、しぶい舞を披露《ひろう》する場面に右の台詞《せりふ》が出てきます。「手飼《てが》ひの虎の引綱《ひきづな》も、長き思ひに楢《なら》の葉《は》の」というのは、「猫の綱が長い」と「長い物思い」の掛詞《かけことば》。

『遊行柳《ゆぎようやなぎ》』という能は、柳のすばらしさをたたえるために、思いつくかぎりいろんな故事来歴《こじらいれき》を紹介してゆくのですが、蹴鞠《けまり》のコートって四隅に木が植えてあって、なかに柳もまじってるんですね。だから、

「柳といえば蹴鞠」

「蹴鞠といえば『源氏物語』の例の場面」

「例の場面といえば猫」

という連想で「手飼《てが》ひの虎の引綱《ひきづな》」が出てくるらしい。

……ええ、ぼくだって、さすがにこんなのはめちゃくちゃだと思いますよ。ほとんど大風《おおかぜ》が吹けば桶屋《おけや》がもうかる式の論法《ろんぽう》だもの。理屈も何もあったもんじゃない。でも、どうにかして『源氏物語』に結びつけようというんでしょうね。

逆に言えば、室町時代の人たちはそれくらい柏木と猫の話をしたかったんです。多少の無理はへっちゃら。「柳と猫? 縁がないわけじゃないよ」で押しきってしまった。

うーん、猫が好きだったというべきか。あるいは『源氏物語』が好きだったというべきか。

猫をにおわせ　連歌師の和歌

和歌だって『源氏物語』づくしでした。
たとえば心敬《しんけい》『寛正《かんしょう》百首』（一四六三年）には次のような作品があります。

獣に寄する恋
かひぞなき空《むな》し形見《がたみ》の鳴《な》く音《ね》のみ夜は裳裾《もすそ》のつまに寝《ぬ》れども

夜になると、あの人の分身が「ねうねう」と鳴きながら着物のすそで寝ているが、むなしいなあ。猫は妻の代わりになってくれるのに、彼女は決してなびいてくれない。

平安時代の掛け布団（衾《ふすま》）は、襟《えり》や袖《そで》がついていて着物のようなかたちをしていました。つまり、「裳裾《もすそ》のつま」（着物のすそ）という表現は夜具の端《はし》を指しています。そして「つま」は妻の掛《かけ》詞《ことば》ですから、いっしょに寝ている猫は奥さんの身代わりなんだろうな。うーん、「これが女三《おんなさん》の宮《みや》だったらいいのに」というため息が聞こえてきそう。
ほら、題が「獣に寄する恋」でしょう。ぱっと浮かんだのが柏木《かしわぎ》の話だったんじゃないかしら。だけど、歌のなかに直接「猫」という言葉は出てきません。「鳴《な》く音《ね》」が「ねうねう」だとも書いてない。『源氏物語』を知らない人にとっては、何がなんだかちんぷんかんぷん、皆《かい》目《もく》見当がつかない、といった仕掛けになっています。

そこらあたり、かなり通《つう》な歌ですね。心敬は本職が連歌師だったせいか、ときどき「分かる人だけ分かればいいや」みたいなところがあります。ご本人としては、

「〝猫〟や〝ねうねう〟なしで獣の恋歌ができたよ。すごいでしょ」

というつもりなんでしょうが、読者としてはすぐに典拠《てんきょ》が思いだせなくて、ちょっとあせる。古典の試験みたいで、気が落ちつかないなあ。

もう一首、連歌師の猫うたをご紹介しましょう。作者は里村昌叱《さとむらしょうしつ》。たぶん一五九〇年代くらいに詠まれたものではないかと思います。

獣に寄する恋

見し人を思ひあまりて飼ふ猫のねよとの声にいとど慰《なぐさ》む

一目見たあの人を恋いしたって苦しんでいるから、飼い猫の「ねよ」(いっしょに寝な

さい）という鳴き声にさえ、ひどく慰められる。

（『四吟《しぎん》百首』）

こちらも『源氏物語』ですが、心敬の歌とは打ってかわってじつに素直。「見し人」が女三の宮だと知っていれば、あとは説明なんかいらないでしょう。「ねうねう」（寝よう）というお誘いだったはずの鳴き声が、どういうわけだか命令形に進化（？）しています。「いっしょに寝なさい」だなんて、柏木の妄想も行きつくところまでいった感がありますね。

猫日記『寛平御記』の真実

そういえば、以前『寛平御記《かんぴょうぎょき》』という日記を紹介したの、覚えてらっしゃいますか？　宇《う》多《だ》天皇が飼ってた黒猫の話（15頁）。

じつは今さらなのですが、『寛平御記』という本はこの世に存在しません。ずいぶん昔に滅んでなくなってしまった。ただ、ほかの書物に引用されて、断片的な文章がいくつか残ってるんですね。たとえば黒猫の話は、『河海抄《かかいしょう》』（一三六七年ごろ）という『源氏物語』の注釈に載っています。

勘のいい方はもうお察しでしょう。「若菜」の巻、柏木《かしわぎ》と女三《おんなさん》の宮《みや》のくだりに、平安時代、宮中で猫が飼われていた実例として、

内裏《うち》の御猫
寛平御記《くわんぴやうぎよき》に曰《いは》く寛平元年、十二月六日 朕《ちん》、閑時《かんじ》、猫の消息《せうそく》を述べて曰《いは》く、驪猫一隻《りべういつせき》
……

『源氏物語』の本文に「宮中で飼われている猫」とあるが、『寛平御記《かんぴょうぎょき》』（寛平元年十二月六日）には次のように書かれている。「時間があるので、わたしの猫の来歴《らいれき》を書いておく。黒猫が一匹……」

と紹介してあります。

ですから、紫式部がもし「やっぱり御簾《みす》をめくるのは犬にしようかしら」なんて気まぐれを起こしていたら、きっと『河海抄』が『寛平御記』を参照することもなく、日本最初の猫日記は失われていたに違いありません。うーむ、何たる文化的損失。想像するだけでも恐ろしい。

室町時代、『源氏物語』と猫の縁はそれくらい深かった。『源氏物語』なくしてにゃんこ文学は

ありえなかったんです。

正徹、猫プライドを胸に秘めて

え？　『源氏物語』と関係ない猫の歌はないのか、ですって？

ありますよ、一首だけ。正徹《しょうてつ》というお坊さんが詠んでいます（一四四九年作）。さっき出てきた心敬《しんけい》の先生だった人。

獣に寄する恋
音《ね》をぞ鳴く馴《な》れしも知らぬ野良猫《のらねこ》の綱《つな》絶えはつる仲《なか》の契《ちぎ》りに

（『草根集《そうこんしゅう》』）

いったんは人になついたことがあったのも、今では忘れたかのような野良猫《のらねこ》が、声をあげて鳴いている。つないでいた綱《つな》は切れてしまったのだろう。まるで私たちの関係みたいに、ぷっつりと。

飼い猫の綱《つな》が切れて、野良になってしまった。でも、もとの家が恋しくてにゃあにゃあ鳴いてる。あなたと別れてからというもの、わたしも悲しくて泣いています。まるで、猫みたいに。あきらめきれなくて、女々《めめ》しくて……、でも、たいていの恋はこうやって終わってゆくんですね。「一緒にいたときはあんなにかわいがってくれたのに、今はもう遠い昔のできごとみたい」という感傷《かんしょう》がいかにも切ない。

「なついた猫がそのことを忘れてしまう」というのは、たぶん土御門《つちみかど》上皇の「人心手飼《ひとごころてが》ひの虎にあらねども馴《な》れししもなど疎《うと》くなるらん（親しかった人の心もいつの間にかはなれてゆく。まるで飼いならした猫と同じだ）を参考にしたのでしょう（96頁）。でも、歌としては正徹のほうがずっといい。綱といい、鳴き声といい、イメージの使いかたが一々《いちいち》きれいで、色っぽいから、猫と「わたし」の思いがぴたりと重なって、割りきれない未練の情が胸にせまってきます。

題は「獣に寄する恋」。

ふつうは馬とか、鹿とかを詠むんですが、作者はあえて猫を取りあげたらしい。しかも、野良猫《のらねこ》。連歌では、「つなぎえぬ猫の引縄《ひきなは》短きに」みたいな句が大流行していたというのに。正徹は『源氏物語』の専門家でした。時の将軍、足利義政《あしかがよしまさ》に呼ばれて講義までしています。「若菜」の巻の有名な逸話《いつわ》を知らないはずがないのに、断固として「馴《な》れしも知らぬ野良猫《のらねこ》」を選んだんです。

一万首近くのこっている正徹の作品のなかで、猫うたはこれひとつだけ。どう考えても偶然じゃありませんよね。ものすごく強い意志を感じます。きっと『源氏物語』に頼るのがいやだったんだろうなあ。みんなやってるから、はやってるから、という理由で真似するのが我慢ならなかったんでしょう。

「題は〝獣に寄する恋〟？　なら、ぜったいに馬と鹿はやめとこう。うーん、猫とかどうかな。……いや、でもちょっと待て。連歌のほうじゃ「若菜」の巻をよく典拠にするそうじゃないか。人真似《ひとまね》はくやしいぞ。たしか寂蓮《じゃくれん》に野良猫の歌（86頁）があったから、あれを使ってみるか。だけど、浮気男を持ち出すのはなし。まったく同じ内容になっちゃうもの。何かもっと別な方向で」

なんて、いろいろ考えた結果が「野良猫《のらねこ》の綱《つな》絶えはつる……」なんじゃないかな。

正徹って、そういうおじさんなんです。

すこしでも新しいことをうたいたい。しかも、きれいに、色っぽく。

もちろん室町時代のことですから、正徹にも伝統主義者としての一面はあります。でも、昔の作品をなぞって、二番煎《せん》じで満足する気はさらさらないんですね。**むしろ古典のなかから前《ぜん》衛《えい》的な表現を生みだそうと試みる。**だから、ありきたりな内容では納得できないんでしょう。

ありきたり？

ええ。あのころ『源氏物語』で猫うたを詠むのは、だれもが思いつく、ごくありきたりな発想だったんです。頼政《よりまさ》が知恵をしぼって考えついた

猫×恋＝源氏物語＝雅び

という公式は、室町時代、すでに常識になっていた。

状況が少しずつ変わりはじめるのは、江戸時代に入ってからのことです。

その五

猫にも恋の季節がやってきた

江戸前期の俳諧と「猫の恋」

おふざけ連歌「俳諧」の登場

江戸時代になると、猫うたは大きく変化します。まず、むやみに数が増える。探せばいくらでも出てきて、うっかりすると収拾《しゅうしゅう》がつかなくなりそうなほど（だれか、助けて）。

さらにもう一つ。今までになかった形式が登場するのも大きな特徴です。名づけて、**俳諧**《はいかい》。

俳句（五七五）とはちょっと違います。和歌（五七五七七）とも違う。えーっと、ほら、連歌って覚えてます？　みんなで集まって、五七五の句と七七の句を交互につけてゆく、あれです（100頁）。

室町時代の人は連歌が大好きでした。お酒を飲んだり、物を賭《か》けたり、知識人から庶民にいたるまで、手軽な気晴らしとしてひろく愛されていたようです。今でいえば、カラオケみたいなもの。だれでも参加できる身近な娯楽だったんでしょう。

だけど、そうなると、だんだんふざける人が出てくるんですね。

連歌もいちおうは文学ですから、勉強して真剣に取りくまなきゃいい句はできません。だけど、あまりに肩肘《かたひじ》はってまじめに考えてると、「なんだかなあ」という気分になってくる。

まあ、あたり前ですよね。娯楽のためにいっしょうけんめい努力するだなんて、どこかおかしい。**二次会のカラオケに行くために、週三でボイス・トレーニングに通うくらい矛盾してます。**

だから「遊び」っぽさを取りもどそうとして、わざとふざける人が出てくるんだろうな。カラオケだって、プロ並みの歌唱力で切々《せつせつ》とバラードをうたいあげる参加者ばかりでは、かえってつまらない。音痴《おんち》あり、おどけるやつあり、替え歌ありだから楽しいんです。

同じことを思った人が、室町時代にもいたんでしょうね。

こうして、**おちゃらけた、ばかばかしい内容ばかりを詠む、パロディ的な連歌**が生まれてきます。人呼んで**「俳諧《はいかい》連歌」**。略して「俳諧」（ちなみに「俳諧」は滑稽《こっけい》とかユーモアという意味です）。

パロディなんだから、かたちは変わりません。五七五と七七をかわりばんこに繰りかえす。でも、中身はまったくの別物。とにかく大事なのはおふざけです。おかしくなければ俳諧とはいえない。言葉づかいだってくだけにくだけて、口語や俗語を平気で持ちこむ。日本にはめずらしい笑いの詩ですね。はじめは一種の座興《ざきょう》だったものが、江戸時代に入ると本家を押しのけて流行しはじめます。

ついでに言っておくと、「俳句」は俳諧連歌の一句目（発句《ほっく》）を取りだしたものです。俳諧連歌の発句だから、俳句。参加者を何人もそろえて、長い作品を終わりまで仕上げるのはめんどくさいから、最初の五七五だけつくって以下割愛《かつあい》ということにしたらしい。

だから、俳句はユーモアが命。

何しろ「俳諧連歌の発句」なんだもの。滑稽で、おどけたところがないと、ただの連歌になっちゃう。「俳句はおふざけ」なんて言うとびっくりする人がいるかもしれませんが、たとえば、『犬子集《えのこしゅう》』（一六三三年）という本には次のような句が載っています。五七五で、ちゃんとおかしい。

牡丹《ぼたん》見に行く人、遅く帰りければ
猫綱《ねこづな》も牡丹の陰《かげ》は道理かな

牡丹《ぼたん》を見に行った人の帰りが遅かったので。

猫が綱《つな》につながれたみたいに頑固に帰りたがらなかったのは、そうか、牡丹のところにいたからなんだね。なるほど納得。

（『犬子集』、松江重頼《まつえしげより》）

牡丹《ぼたん》がどうこうというのは、前に紹介した「猫に牡丹」の絵に掛けたもの（109頁）。当時の人にとっては、ほとんど常識といっていいくらい有名な組みあわせだったんでしょう。出ていったきり、いつまでたっても帰ってこない風流人を「牡丹のところでぐずぐずしてるだなんて、君ってまるで猫みたい」とからかってみた。

もちろん爆笑するような句じゃありません。でも、くすっとはするでしょう？ **だから俳諧なんです。きちんとしてないし、まじめでもない。**最初からふざけるつもりで詠んでるんだもの。作者としては、ほんとなら次に七七を作ってもよかったし、さらに五七五、七七……と続けたってよかったんだけど、面倒くさいからよしちゃった。つまり一句目だけ。だから俳句なんです。俳諧（ふざけてる）の発句（五七五だけ）。お分かりいただけたでしょうか？

ちなみに、江戸時代、「猫綱《ねこづな》」という言葉は「意固地《いこじ》」という意味で使われていたのだとか。

物の本には「人の言うことを聞かない、頑固で、主張のはげしい様子」なんて解説してあります。でも、どうして猫のリードが引きあいに出されるんでしょうね？　ぐいぐい引っぱるからかな？　馬だって、牛だってつないで飼ってるのに、なんだか釈然《しゃくぜん》としません。**うーん、犬派の陰謀なんじゃないか。**

クスっと系猫うたの革命

さあ、もう一句、俳諧《はいかい》の猫うたを読んでみましょう。
今度は『毛吹草《けふきぐさ》』（一六四五年）という句集兼歳時記《さいじき》から。

埋火《うづみび》はつながぬ猫の引緒《ひきを》かな

（『毛吹草』、松江重頼《まつえしげより》）

ほんのりと温かい埋火《うずみび》は、猫の綱《つな》みたいなもの。繋いでいなくても、決して遠くに離れてゆくことはない。

やはりくすっと系の俳諧ですが、さっきの「猫綱《ねこづな》も牡丹の陰《かげ》は道理かな」よりだいぶ分かりやすい。「冬の猫はあたたかい場所から離れようとしない。埋火《うずみび》がリードの代わりだね」という洒落です。「埋火」は火のついた炭を灰に生けたもの。たぶん火鉢《ひばち》（火桶《ひおけ》）のことだと思います。ほら、今だって、炬燵《こたつ》やストーブの季節になると、猫が特等席をひとりじめして動かなくなるでしょう？　江戸時代だって事情は変わらなかった。

ぼくが知ってるかぎり、**この句より前に「猫が寒がりであること」を詠んだ作品はありません。**和歌でも、連歌でも見たことがない。もしかしたら物語や説話には出てくるのかもしれないけど、とにかく『毛吹草』がかなり早い例であることはたしかです。

それってきっと、俳諧だから、ですよね。

和歌はきちんとしたことを詠む。

連歌も、和歌ほどではないけれど、まあまあきちんとしたことを詠む。だけど、俳諧はパロディだから、おふざけの文学だから、ルールを無視してかまわない。「鼻の穴を描いちゃダメ」という制限がギャグ漫画には通用しない（むしろ推奨される）のと同じです。作者は身のまわりにあるものを自由に観察して、好きにうたっていい。目的は笑いなんだから、おかしければ何だってかまわないんです。

ですが、**俳諧師たちのように「笑い」の目で世界を見つめていると、今までとはまったく違っ**

た発想が生まれてくるんですね。たとえば「猫は寒がり」みたいに。

だって「鼻の穴は描いちゃいけない」みたいな規則を意識しながら世の中を眺めるのって、とっても窮屈《きゆうくつ》じゃないですか。「目に入っていても無視しなくちゃいけないもの」や「無意識のうちに〝見なかった〟ことにしちゃってるもの」だらけになってしまう。

第一、最初から

「猫といえば『源氏物語』」

「猫といえば牡丹《ぼたん》」

なんて決めてかかったら、「埋火《うづみび》はつながぬ猫の引緒《ひきを》かな」というごく当然の事実さえ見落としてしまうでしょう？

連歌師や歌人なら「うーん、猫が寒がりだなんて『源氏物語』には出てこなかったし……」とさんざんためらって、けっきょく柏木《かしわぎ》の話に逃げるんじゃないかしら。

俳諧はそこに風穴を開けたんです。おふざけの文学なんだもの、「これって詠んでいいのかな？」と悩んだりする必要はありません。現実を素直に受けとめて句をつくればいい。おかげで、今までとはちょっと違った猫のすがたを描くことに成功しました。

俳諧師たちの努力によって、猫は自由を手に入れたのです。

「猫は魚にまっしぐら」の発見

いかにも俳諧《はいかい》らしい例をもうひとつ紹介しましょう。また『毛吹草《けふきぐさ》』からの引用です。今度は発句《ほっく》（俳句）ではなく、俳諧連歌の一部分を抜きだしたもの。

わが衣手《ころもで》に猫ぞとりつく
秋の田のかりほの魚《うを》は鰌《どぢやう》にて

わたしの袖に猫が飛びつく。
秋の田の掘立《ほった》て小屋《ごや》でドジョウをつかまえたので。

（『毛吹草』、作者不詳）

はじめの句がどんな流れで猫を登場させたのかは、よく分かりません。何しろたった二行しか残ってないんですから。とにかく「袖に猫が飛びつく」と詠んだ人がいた。

次の展開としては、やはり飛びつく理由を考えてみるのが素直ですよね。ただし、笑える内容になってなきゃいけない。

だから「わが衣手《ころもで》」を利用した。ええ、『百人一首』の天智天皇《てんじ》の歌です。「秋の田のかりほの庵《いほ》の苫《とま》をあらみわが衣手《ころもで》は露に濡れつつ」（壁のかわりにむしろを張っただけの掘立《ほった》て小屋《ごや》。一夜を過ごしているうちに、露が袖を濡らす）。ほら、上半分をちょこっともじれば「秋の田のかりほの魚《うを》は鰌《どぢやう》にて」のできあがり。器用なもんです。

秋の刈りいれどき、田んぼのあたりでドジョウをすくう人がいる。ぐっしょり濡れた袖には魚の匂い。なるほど猫だって落ちついていられませんよね。

『百人一首』が「かりほのイオ」なら俳諧は「かりほのウオ」だ、というわけで、要するにダジャレですが、つじつまはちゃんと合っている。掘立《ほった》て小屋《ごや》でお泊まりとくれば、晩のおかずは現地調達。柳川鍋《やながわなべ》なんてしゃれたものはまだなかっただろうけど、捕まえたドジョウは料理して食べちゃうんです。

天智天皇の歌は、ひとり夜を過ごすさみしさを色っぽく描いた（あの人に会えないから涙で袖が濡れる、という含みがある）叙情《じょじょう》的な作品なのに、『毛吹草』のほうは猫とドジョウと夕ごはんを持ちだして、話が急に現実的になる。その落差がおもしろいんですね。「わが衣手《ころもで》」とか、「秋の田のかりほの」とか、『百人一首』の言葉づかいをまねてるせいで、いっそう滑稽《こっけい》に感じる。まさに「俳諧」です。

ところで、お気づきになりました？　袖に飛びつくにゃんこは、ドジョウを食べたくて仕方がないんですよね。ですが、**和歌や連歌のなかに「猫は魚が好き」なんてことを詠んだ作品はありません。これって俳諧の発見なんです。**

いや、待ってください。発見というと語弊《ごへい》があるなあ。平安時代の人も、鎌倉時代の人も、魚に対するにゃんこの情熱はよーく知っていたはず。だけど、わざわざ文学作品のなかで取りあげるようなことはしなかった。だいたい彼らは「人間は白いごはんを食べる」という事実すら、雅びな世界にはふさわしくないと思ってたくらいですから、猫の食事なんか気にするはずがない。

でも俳諧はへっちゃらだった。だって、おふざけなんだもの。やりたいようにやればいい。何を詠んだって怒られたりしません。

おかげで、文学作品のなかにはじめて魚好きな猫が登場したんです。

もし俳諧がなかったら、彼らはずーっとご馳走にありつけないままだったかも。

おふざけが足りない教養系俳諧

人を笑わせるのは、ほんとうに難しい。俳諧師もいろんな工夫をしています。たとえば、

「猫といえば『源氏物語』。ならば、柏木《かしわぎ》の話を取りこんでみてはどうだろう」

と思いついた人がいた。安原貞室《やすはらていしつ》の『正章千句《まさあきらせんく》』（一六四七年）には

　　抱きかかへ明け暮れ猫を秘蔵《ひさう》して
　　衛門督《ゑもんのかみ》の恋はあやにく

　　　明け暮れ猫を抱きかかえ、大事にしている。

　　　柏木《かしわぎ》の恋はどうも不都合。


という句があります（これもやはり俳諧《はいかい》連歌の一部分です）。

「衛門督《ゑもんのかみ》」は柏木のことですね。当人は肌身離さずあの猫を大事にしてるんだけど、いかにも不都合な恋で、困ったもんだなあ、というような内容。きれいで、上品で、『源氏物語』をきちんと踏まえていて、じつに端正《たんせい》な仕上がりですが、なんとなく物足りない。あっさりしすぎてる。もうすこし読みごたえがあってもいいんじゃないかなあ。

だって俳諧なんだもの。きれいで、端正なだけでは具合が悪いよ。やはり笑えてなんぼでしょう。

貞室が活躍した一六〇〇年代なかごろには、こういう作風がはやったんです。上品すぎて、

ほとんど連歌と区別がつかない。何しろ、室町末期の俳諧って「う〇こでも、お〇っこでも、とにかく面白ければいい」なんてノリだったから、うんざりしていた人も多かったんだろうな。「もうちょっと知的な笑いでいこうよ」という考えが主流になった。

ところが、言うは易《やす》く行うは難《かた》し。たしかに、うまくいけば「かりほの魚《うを》は鰌《どぢやう》にて」みたいな句ができる。だけど、ちょっと加減を間違えると途端《とたん》につまらなくなるんですね。貞室の句なんて、どこからどう見たって堂々たる失敗作じゃありませんか。きれいだけどおかしくない。知的であろうと意識しすぎた結果、俳諧味《はいかいみ》を見失ってしまったんです。だいたい『源氏物語』がよくなかった。あんなもの正面から取りあげたら、上品で、知的で、きれいな仕上がりになるのはあたり前です。もじって、ふざけて、からかわなくちゃいけないのに、心のどこかに「偉大な古典作品」という意識があるものだから、つい腰が引けてしまう。パロディとしてはあまりに中途半端な出来です。

貞室は『源氏物語』を尊敬しすぎてた。笑いものにするだけの度胸がなかった。

人間、ときには教養が邪魔をすることもあるんです。

猫が恋する『源氏』のパロディ

でも、賢い人っているんですね。『時勢粧《いまようすがた》』（一六七二年）という本には、そのあたりの問題をじつにうまく処理した句が収められています。

猫の妻恋《つまご》ひ
妻恋ひに八重垣《やへがき》くぐる男猫《をねこ》かな

発情期、恋しさのあまり、幾重《いくえ》にもめぐらした垣根《かきね》をくぐりぬけ、雌《めす》に逢うためにやってきた雄猫《おすねこ》。

（『時勢粧』、井狩友静《いかりゆうせい》）

「猫の妻恋《つまご》ひ」は発情期のこと。春の季語です。もちろん連歌にはありません。俳諧《はいかい》ならではの題材といっていいでしょう。

「八重垣《やへがき》」というのが一種のパロディになっています。『古事記』にも、『日本書紀』にも出てくる有名な話ですが、素戔嗚尊《すさのおのみこと》という神さまがきれいなお嫁さんと結婚して、出雲《いずも》の国（島根県）に新居を建てた。垣根《かきね》をいくつもつくって、「八雲《やくも》立つ出雲《いづも》八重《やへ》垣妻《がきつま》ごみに八重垣作るその八重垣を」（出雲の国のもくもくとわき起こる雲のように、わが家のまわりを垣根で幾重《いくえ》にもかこったのは大事な妻を守るためだ）という歌を詠んだのだとか。

「男猫《をねこ》」はそれくらい厳重な警備をかいくぐって雌《めす》に逢《あ》いにゆくんです。つまり、人の奥さんに手を出そうとしてる。だって、ほんとの「妻」なら堂々と門から入るはずじゃありませんか。こそこそ抜け穴を探そうだなんて、うーん、じつに不埒《ふらち》なやつだ。

あらためて説明しなくたって、もうお分かりでしょう。『源氏物語』がどうの、柏木《かしわぎ》がどうのとは書いてませんが、雌猫《めすねこ》は人妻、雄猫《おすねこ》は間男《まおとこ》。さらにもう一匹、寝取られ亭主といった役まわりの雄もいて、きれいに三角関係ができあがっている。子づくり月間だから、きっと雌猫には赤ちゃんができるんだろうな。まるで、どこかの女三《おんなさん》の宮《みや》みたいに。

作者のねらいは明確です。

「まともに『源氏物語』を持ってくると俳諧っぽさがうすれる。だから、柏木とか、女三の宮とか、名前を出すのはやめとこう。むしろ『源氏』の登場人物をみんな猫にしちゃうのはどうかな？猫が浮気したり、三角関係になったりしたら、おもしろいかも」

連歌の世界で恋をするのは人間でした。猫は添えものに過ぎません。

だから、俳諧では猫に恋をさせることにしたんでしょうね。動物がいっちょまえに人間みたいにふるまうというだけで、十分おもしろいんだもの。猫柏木がいて、猫三の宮がいて、まさしく**にゃんこ版『源氏物語』**。

すごいなあ、この発想。だって、和歌でも、連歌でも「猫の妻恋《つまご》ひ」なんて詠んだ人、だれもいなかったんですよ。『源氏物語』に書いてあるとおり、あの小さな動物は人間の恋を演出するための小道具だと思いこんでた。

でも『時勢粧《いまようすがた》』の作者は、そうした約束事を平然と無視して

「猫だって、恋もすれば、三角関係にもなるんだ」

とうたうんですね。

俳諧の世界では、しだいに「猫の恋」が新しい題材として注目されるようになります。江戸時代のはじめには、すでに季語として扱われていたらしい。ほら、猫の発情期は春でしょう？　だから、前に紹介した『毛吹草《けふきぐさ》』には「俳諧四季の詞《ことば》」と銘打って、

菜大根《なだいこん》の花　蓮根掘《ほ》り　もづく

鹿《しか》の角《つの》落つ　猫の妻恋ひ　鳥のさかる
挙羽蝶《あげはてふ》　虻《あぶ》　蜂《はち》の巣

なんて書いてある。**日本語の文学がはじまって千年以上、恋の脇役でしかなかった猫が、とつぜん主人公に指名されちゃったんです。**

理由はもうお分かりですね。

俳諧はおふざけの文学だから。俳諧師たちはみんな今までの常識をひっくり返して、伝統をからかってやろうと考えてた。だから、脇役にスポットライトがあたったんです。

燃えつきるまで猫の恋

でも、「妻恋ひに八重垣《やへがき》くぐる男猫《をねこ》かな」って、いい句ですね。風情がある。

命がけの恋に挑もうとする、ちょっと愚かな雄猫《おすねこ》の後ろすがたが、浮かびあがってくるようじゃありませんか。

人も、猫も、太古の昔からこういうばかばかしい情熱につき動かされて生きてきたんだ、と感慨にふけりたくなる。無謀にも八重垣《やえがき》をくぐりぬけてゆく「男猫」が、まるで伝説のなかの英雄みたいで、なんだか神韻《しんいん》縹渺《ひょうびょう》とした気分になってくるなあ。

『時勢粧《いまようすがた》』には、ほかにも「猫の妻恋ひ」の句が収められています。

大和窓《やまとまど》来《こ》んと契《ちぎ》るや猫のつま

猫の「つま」は「今晩、天窓《てんまど》から来るからね」と約束しているよ。

（『時勢粧』、松江《まつえ》宗眠《そうみん》）

明かりとりの大和窓（天窓）とへっつい（かまど）

「大和窓《やまとまど》」は台所の明かりとりの窓です。天井のうんと高いところにある。もちろん出入りできるのは猫くらいのものでしょう。「夜になったらちゃんと待っててね」とかなんとか、二匹はしっかり約束を交わす。

「猫のつま」といっても、雌《めす》とは限りません。和歌や連歌では男女どちらにも使われる言葉です。今でいえば「配偶者《パートナー》」みたいな感じかな。だから内容を読んでみないと性別は分かりません。この句の場合は「今晩、来るからね」と言っているから、雄猫《おすねこ》です。
理由？　『源氏物語』を思いだしてみてください。平安時代の恋愛は男が女のところに通うのが普通だった。だから「つま」は雄じゃなきゃ都合が悪い。要するに「光源氏や在原業平《ありわらのなりひら》なら、門から牛車《ぎっしゃ》で入ってくるところだけど、さすがは猫。天窓《てんまど》から忍びこんでくるだなんて」という趣向なんです。
ちょっとくすっとくるでしょう？
もうひとつ。今度は**すこし哀切な感じの作品**を。

妻を思ひいつ燃《も》え果《は》てて灰毛猫《はひげねこ》

恋しい雌猫《めすねこ》のことを思いつづけ、いつ燃えつきてしまったのだろうか、この灰色の猫は。

（『時勢粧』、水野林元《りんげん》）

恋心を火にたとえるのは現代でもよく見かける比喩ですが、和歌や連歌では「思ひ」の「ひ」

を「火」の掛詞《かけことば》として使います。

平安時代の古い歌に「燃《も》え果《は》てて灰となりなむ時にこそ人を思ひの止《や》まむ期《ご》にせめ」、あなたにこがれて、死んで、火葬されて、灰になるまで思いがやむことはない、というのがあって（『拾遺《しゅうい》和歌集』）、たぶんこれが典拠《てんきょ》になっているのでしょう。

かなわぬ恋に身を焼いて、もう死んだも同然。毛まで灰色になっちゃった、かわいそうな猫。ダジャレといえばダジャレなんだけど、おかしい一方でどこかあわれでもある。切ないのに、なんとなく滑稽。いかにも俳諧《はいかい》の味わいです。

雄《おす》か雌《めす》かは判断に迷うところ。でも、ぼくは雄猫説に一票かな。「思ひ」のつらさを強調する歌って、女の人はあまり詠まないから。

平安時代には男が必死に思いのたけをうったえて、女の人につめたくあしらわれる、というのが一般的な恋のかたちでした。そのパロディと考えれば、「灰毛猫《はひげねこ》」はやはり雄であってほしいなあ。

新人芭蕉、試行錯誤の猫うた

すこし後の時代の作品も見てみましょうか。

たとえば『江戸広小路《えどひろこうじ》』（一六七五年）という本には、若いころの松尾芭蕉《ばしょう》の句が載っています。

猫の妻恋《つまご》ひ
猫のつま竈《へつひ》の崩《くづ》れより通ひけり

「猫のつま」はかまどの崩れたところから、この家に通ってくるのだね。

「竈《へつひ》」はかまどのこと。「へっつい」と言ったりもしますが、漆喰《しっくい》で塗ってあるから、濡れるとぼろぼろに崩れてしまいます。

「あれ？　どこかで読んだような気が……」

と思ったあなた、鋭い。

さっき紹介した「大和窓来《やまとまど》んと契《ちぎ》るや猫のつま」とそっくりですよね。

猫を飼ってる家がある。台所のかまどにちょっとした穴があいてて、人は通れないけど、猫なら出入り自由。さっそく「今晩、竈《へっつい》のところから逢いにくるからね」と話が決まります。「猫のつま」は外から通ってくるのだから、当然、雄《おす》。家のなかで待ってるほうが雌《めす》ですね。

「なーんだ、大和窓が竈に変わっただけじゃないか」

なんて言わないでください。たしかに内容はとってもよく似ているけど、芭蕉だってぜんぜん工夫してないわけじゃないんです。

『伊勢物語』のはじめのほうに、在原業平《ありわらのなりひら》らしき色男がある家の娘さんと仲良くなった、という話があります。内緒でつきあってるから、門からは入れない。やむなく塀の崩れたところを通りぬけてお屋敷に忍びこむ。とうとう主《あるじ》（お父さん？）が気づいて、番人を置くようになった。困った男はすてきな歌を詠んで、二人のことを認めてもらったのだとか。

芭蕉の句は、この『伊勢物語』の話のパロディになっています。

つまり、

「業平《なりひら》は塀の崩れから女の家に入っていったけど、さすが猫だけあって竈《へっつい》の穴から通ってくる」

というお笑いなんでしょう。読むほうにもずいぶんと教養が求められるなあ。

もちろん、それでもやっぱり「大和窓来《やまとまどこ》んと契《ちぎ》るや」に似すぎてるのはたしかですが、なにしろ当時、芭蕉は三十二歳。まだ駆けだしの俳諧師で、作風が確立しているとは言いづらい時期でした。取りあえずははやりの詠みかたを勉強したうえで、ちょっと古典の知識があるところを見せておく、というつもりだったんじゃないかな。

芭蕉の革命、しょぼくれ猫の切なさ

若いころの芭蕉は、古典を踏まえたパロディ的な句を詠むことに割と熱心でした。でも、一六九〇年代に入ると、作風が大きく変わります。代表作といわれる『猿蓑《さるみの》』（一六九一年）から一句ご紹介しましょう。

田家《でんか》にありて
麦飯《むぎめし》にやつるる恋か猫のつま

田舎《いなか》で。
恋にやつれた猫は、田舎《いなか》住まいのせいで麦飯しか食べられず、いっそうやつれている。

春、発情期のころ。恋にやつれた猫が一匹。食事もほとんど喉《のど》を通らないのに、田舎《いなか》住まいの悲しさ、麦まじりの猫まんましか出てこなくて、いっそう痩《や》せてしまう（当時、ふだんから混じりけなしの白米を食べているのは、江戸や大坂みたいな大都市に限られていました）。

雄猫《おすねこ》なのでしょうね。どんな事情があったのか。思う相手に思われず、かなわぬ恋にこがれて身は細らんばかり。おだやかな農村風景が、心のうちの苦しさをいっそう際立たせます。
十七文字のうちに描かれるのは『源氏物語』に出てくるような、あるいはにぎやかな江戸の町で飼われているような、美しく優雅な猫ではありません。みじめで、不甲斐ない、痩《や》せこけた田舎の猫です。かっこいいところなんて、薬にしたくたってない。でも、芭蕉はきっと
「この世には美しく、優雅で、物語のように素敵な猫もいるけれど、野暮《やぼ》ったくて、見ばえのしない、ごく平凡な猫だっている。**和歌や物語が素敵猫を描くなら、俳諧《はいかい》はしょぼくれにゃんこを担当するんだ**」
と考えたのではないでしょうか。
麦飯ばっかり食わされている『猿蓑』の猫だって、じつは美しい。
決して高級とは言えないし、上品でも、優雅でもないけれど、うらぶれた現実のなかで、彼は彼なりに苦しい恋を生きています。その切なくてひたむきな感じがかっこいいし、同時にちょっとダサくもあって、笑いを誘う。読んでるとつい
「**恋って、映画みたいにかっこよくはいかない。現実の人生はもっと無様《ぶざま》で、滑稽《こっけい》で……、でも、だからこそ君はかっこいいんだよ**」

なんて応援したくなっちゃうじゃありませんか。

みっともなくて、滑稽だけど、あわれでいとおしい。そばで眺めてると、なんだか胸がしめつけられてくる。

芭蕉はおそらく気づいたんです。

「俳諧って、こうした感情をすくいとるための文学なんだ」

って。だから彼の作風は変わった。

『己《おの》が光《ひかり》』(一六九二年)という句集には、次のような作品があります。

猫の恋やむとき閨《ねや》の朧月《おぼろづき》

猫の恋が途絶えるとき、寝室には春のおぼろ月が差しこんでいる。

発情期の猫。ついさっきまで雄《おす》たちがひどい声で喧嘩してたのに、急に静かになった。寝床のなかにいるわたしのもとに、おぼろな光が差しこんでくる。ああ、かわいそうに。きっと取っくみあいに負けて、恋をあきらめた雄猫がいるんだろうなあ。

「閨《ねや》」で寝ているのを一人ととってもいいし、二人ととってもいいのですが、ぼくは断然一人派。

だって、いっしょに布団に入るような相手がいたら、「もてない雄はあわれだなあ」なんて高《たか》見《み》の見物みたいになっちゃうじゃありませんか。

やはり、

「わたしだってひとりぼっちなんだ。切ないよね」

という共感があってこそ、猫うたとして成立すると思うんです。

恋に破れて、傷ついて、かっこわるくて、情けなくて、自分で自分が恥ずかしくなってしまう。どうか笑ってください。わたしって滑稽でしょ？　……でも、切ない。笑いながら涙が出てくる。涙が出てくるけど、やっぱりおかしい。

人生って、きっとそんなものなんだろうな。

見あげると、空にはにじんだような月がかかっている。恋の勝者も、敗者も、やわらかな光につつまれて春のなかにいます。

今ごろ彼女とよろしくやっている憎き色男のことは、『源氏物語』や『伊勢物語』にまかせておけばいい。

「俳諧にふさわしいのは、かっこわるくて、情けない、ふられた側の悲しみなんだ」

って芭蕉は思ってたんじゃないでしょうか。

かっこ悪い恋だから、かっこいい

かっこわるくて、情けない。だから、かっこいい。

芭蕉が目指したのは、じつに複雑な味わいの猫うたでした。「麦飯《むぎめし》にやつるる恋か猫のつま」だって、「猫の恋やむとき閨《ねや》の朧月《おぼろづき》」だって、例外ではありません。でも、もっともっと芭蕉らしい傑作があります。**たぶん、日本史上、最高の猫うた。**……残念ながら、芭蕉じゃなくて、芭蕉のお弟子さんが詠んだ句だけど。

先ほど紹介した『猿蓑《さるみの》』のなかに、越智《おち》越《えつ》人《じん》という人の作品が収められています。

うらやまし思ひ切るとき猫の恋

発情期が終わるとけろっとし

ている猫の恋。その思いきりのよさがうらやましい。

毎日毎晩あんなにやかましく鳴きかわし、命がけの喧嘩をしていた猫たちなのに、ある日突然、恋の季節が終わりを告げると

「彼女を手に入れるためなら何だってする」

なんて思いつめた気持ちは消えうせて、あっさり日常にもどってゆきます。発情期とはよく言ったもので、外聞《がいぶん》をはばかるような痴話《ちわ》げんかも、惚《ほ》れたはれたの刃傷沙汰《にんじょうざた》も、にゃんこの場合は期間限定。後にはちっとも引きずらない。

人間だって、こんなふうに全部忘れられたらいいのに。

かなわなかった恋がいつまでも心にひっかかって、思いだすたび苦しくてたまらない。あきらめられない人の面影《おもかげ》が、まだ胸のうちにひそんでいる。後悔ばかりがつのって、もう一度会うことがあったら、きっとまた同じように好きになってしまうに違いない。

ひょっとして、人間は猫より愚かなんじゃないか？　うん、そうだ。きっとそうだ。人間はかしこくない。いつまでも未練がましくてかっこわるい。見てごらん、猫たちを。恋が実ろうが、実るまいが、時が経《た》てばいさぎよくすべて忘れて生きてゆく。**人間ぐらいだよ、いつまで**

も過去にとらわれているのは。

どうです？　愚かでしょう？　情けないでしょう？　笑うしかないですよね。万物《ばんぶつ》の霊長《れいちょう》だなんて聞いてあきれる。猫のほうがよっぽど立派です。

でも、人間は人間だから。

猫にはなれないから。

かっこわるくても、情けなくても、未練にまみれながら生きてゆくしかない。だから、笑ってください。そしてしみじみあわれだと思ってください、わたしたち人間という存在を——。猫がうらやましいだなんて、よほどひどい恋だったんでしょう。うまく忘れることすらできないくらい、苦しい経験をした。

恋は終わりかたがむずかしい。だれだって最後は綺麗《きれい》に、いさぎよく、余韻《よいん》を残して去ってゆきたいと思うけど、現実は甘くありません。すがりついたり、強がったり、なりふりかまわず泣きおとしをかけてみたり、たいてい面倒なことになる。

たしかに光源氏や業平《なりひら》のような恋の達人なら、すっきりと思いを断つ（断たせる？）ことができるのかもしれません。ですが、あれはきっと、そんなふうに上手く別れられなかったわたしたちの夢が集まって、理想化されたすがたなんでしょう。

ふつうの人間は猫以下のさよならしかできないんです。女々しくて、情けなくて、いつまでたってもぐずぐずしてる。ちっともかっこよくなんかない。

けれども和歌や連歌はこうした「現実」を詠もうとはしませんでした。いつだって理想的な恋だけを描いてきたんです。一分《いちぶ》の隙もないくらい、完璧で、素敵な恋。

だからこそ越人は、

「人間って、もっとかっこわるいものだよ」

と言いたかったんじゃないでしょうか。

終わったはずの恋なのに、相手のことが忘れられなくて、

「ああ、俺はだめだ。猫のほうがましなんじゃないんか」

なんてため息ばかりついている。もちろん本人はいたって真面目なんですが、冷静に考えるとずいぶん滑稽《こっけい》な台詞《せりふ》です。たったひとりで苦しんで、思いつめて、ぐちゃぐちゃになるまで悩んだあげく、つい**「俺って猫以下？」**なんて口走ってしまう。切羽《せっぱ》詰まったとんちんかんぶりが、客観的に見るとじつにおかしいし、あわれだし、愛らしくも、微笑ましくもあるんですね。笑っているうちに何だか切なくなってきて、ああ、恋ってほんとにやるせないものだな、としみじみしてしまう。

きっと、滑稽なのも、切実なのも、どちらも嘘じゃないんです。真剣に悩んで思いつめてるからこそ、ふとおかしく感じる。

真剣だけど、滑稽。

かっこわるいけど、かっこいい。

芭蕉の俳諧《はいかい》って、われわれのようなごくふつうの人間の、真剣かつ滑稽で、かっこわるいけどかっこいい生きかたを、さりげなく肯定しながら、同時にからかいもするための文学なんです。だから、越人の句を見たとき「これがほんとうの俳諧だ」と感激したんでしょう。『去来《きょらい》抄《しょう》』（一七〇二年）という本には、芭蕉のこんな言葉が残されています。ほとんど絶賛といっていいくらい。

うらやまし思ひ切るとき猫の恋　越人《ゑつじん》

先師《せんし》、伊賀《いが》よりこの句を書き送りていはく「心に風雅ある者、一度《ひとたび》口に出《い》でずといふことなし。彼が風流、ここにいたりて本性《ほんしやう》をあらはせり」となり。

先生（芭蕉）が伊賀《いが》に帰省《きせい》されていたとき、越人《えつじん》の句を私のところに手紙で送ってきておっしゃるには、「風雅の心を持つ者は、かならずいつかそれを作品によって表現するものだ。越人が風雅の心を秘めていることは、これによって明らかになった」。

もちろん「麦飯《むぎめし》にやつるる恋か」や「閨《ねや》の朧月《おぼろづき》」だって、いい句なんですよ。さすが芭蕉だけのことはある。でも、「うらやまし思ひ切るとき猫の恋」にはとてもかなわないと思ったんだろうな。

十七文字のなかにすべてがある。愚かさも、滑稽さも、真剣さも。

芭蕉にとって「風雅」とはそういうものだったんです。

決してかっこよくはないけれど。つい笑ってしまいたくなるけれど。でも、しみじみと心をとらえてはなさないもの。**猫にも劣るくらい、あきらめの悪い人間の恋……。**

恋を覚えた猫たちは

江戸時代、猫うたは大きな転機を迎えました。

にゃんこたちはもはや人間の恋を彩るための小道具ではありません。俳諧《はいかい》のなかでは、彼ら自身が恋する存在として描かれています。

しかも、はじめは恋のかけひきを人間に見立てておもしろがる程度だったのが、時代がくだるにつれ、越人《えつじん》みたいに

「猫のほうが、人間よりも立派な恋をしてる」

という句まで登場するのですから、びっくりですよね。紫式部や源頼政《よりまさ》が読んだら、あまりの意外さに目をまわすことでしょう。

俳諧は笑いの文学です。和歌や連歌とは違った角度から物事をとらえようとする。だから、猫うたの可能性をひろげることができたんです。今までなら思いもよらなかった発想を、平気で作品のなかに取りこんでしまう。たとえば「猫の妻恋《つまご》ひ」のように。

『源氏物語』から六百年。彼らにもようやく恋の季節がやってきたのです。

その六

猫がいるだけで愛しくて

江戸後期の俳諧と和歌

恋模様さまざま、江戸の猫

俳諧《はいかい》の猫たちは、自由に恋を楽しんでいます。

もう人間の恋の小道具なんかじゃありません。好きになるのも、ふられるのも、みんな彼らが主役。だから、江戸時代の猫うたはおもしろい。

芭蕉以後の作品をもうすこし読んでみましょうか。

まずは宝《たから》井《い》其《き》角《かく》。芭蕉のお弟子さんの一人ですが、お酒が好きで、遊里が好きで、いかにも江戸の通人《つうじん》らしい俳諧師です。

近隣の恋

京《きやう》町《ちやう》の猫通《かよ》ひけり揚《あげ》屋《や》町《ちやう》

京町《きょうちょう》の猫が揚屋町《あげやちょう》の猫のところに通ってゆくよ。ご近所どうしの恋だなあ。

（『焦尾琴《しょうびきん》』、宝井其角）

「猫通《かよ》ひけり」が季語なんでしょうね。発情期だから、春の句。

　現代人にはあまりぴんときませんが、当時の読者はこの句を読んでにやりとしたはず。「京町《きやうちやう》」とか、「揚《あげ》屋町《やちやう》」というのは、吉原《よしわら》の町名なんです。なにしろ遊女三千人とうたわれた色里ですから、敷地もうんと広くて、伏見町《ふしみちょう》、江戸町《えどちょう》、揚屋町《あげやちょう》、角町《すみちょう》、京町《きょうちょう》と五つに分かれていた。京町はいちばん奥、揚屋町はひとつ手前にある通りです（江戸時代の「町」は道をはさんだ両側の家を指します）。

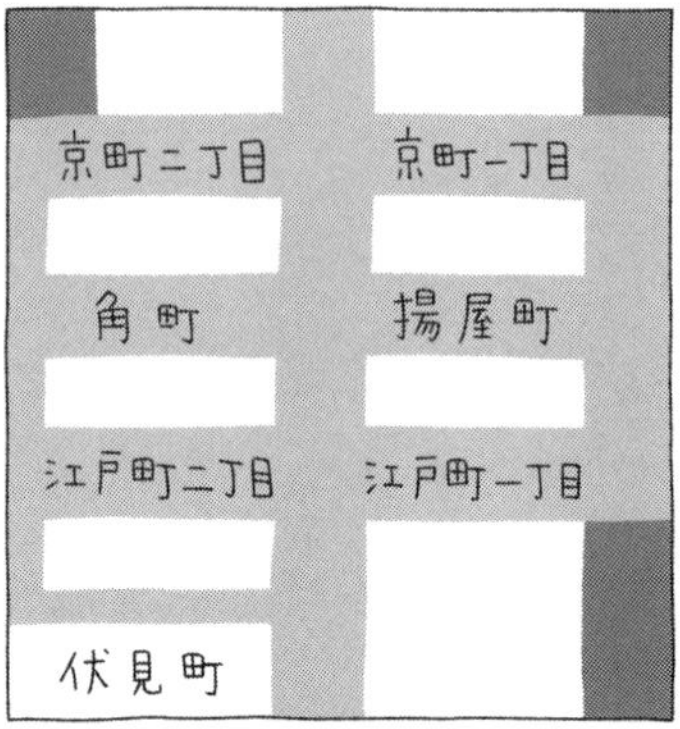

吉原地図

　猫とはいえ、れっきとした郭《くるわ》の住人。むろん、ただものであるはずがありません。粋《いき》で、いなせで、男女の機微《きび》に通じた風流人なんでしょう。我こそは天下の色男、みたいな顔をして人ごみを歩いてゆく。恋しい雌《めす》に逢うために。

　お相手の住所を「揚屋町《あげやちやう》」にしたのが工夫ですね。吉原に来た客は揚屋《あげや》という店にあがって

遊女を呼びよせます。要するに貸座敷《かしざしき》みたいなものですが、作者は

「猫のくせに、作法《さほう》どおり、ちゃんと揚屋（町）で雌に逢っている。まるで人間みたいだなあ」

とひやかしているんです。

どうです、いかにも遊びなれた人の口ぶりだと思いませんか。きっと「ああ、なるほど。たしかに京町と揚屋町はご近所だものね」というくらい事情に通じてなきゃ、ほんとうのおもしろさは分からない句なんだろうな。

其角はそういう男でした。

都会的で、洒脱《しゃだつ》で、ちょっと軽薄で、吉原なんて大好きな人だった。だから、猫だって自分のような遊冶郎《ゆうやろう》として描きたかったんでしょう。芭蕉の句に出てくるような、純朴かつ不器用な田舎者とはわけが違う。

「猫だって粋な恋をすることもあるんだ。俺みたいに」

という見栄の張りかたが、いかにも江戸っ子らしくてほほえましいじゃありませんか。

「思ひ寝」に耳をぴくぴく

其角《きかく》の五十年ほど後に、京で活躍した炭太祇《たんたいぎ》はこんな作品を詠んでいます（『太祇句選』）。

思ひ寝《ね》の耳に動くや猫の恋

恋する相手のことを思いながら寝ている猫は、夢のなかで何かあったのだろう、耳がぴくぴくと動いている。

猫を飼ってる人なら、ときどき目にする光景ですよね。熟睡したはずなのに、なぜか耳だけがぴくぴく動いている（ああ、なんて愛おしい寝姿）。それを「きっと恋してるせいだ」と見立てたところが趣向です。

夢のなかの出来事にやきもきする猫のすがたは、ちょっぴり滑稽《こっけい》で、微笑をさそいますが、よく考えてみればわたしたち人間だって似たようなもの。些細なことに一喜一憂しながら、だれかを思っている。髪型を褒められたといっては有頂天《うちょうてん》になり、ほかの子と話をしてたといっては落ちこみ、友達に相談したら心底《しんそこ》どうでもいいとあきれられ……、恋するあまりの行動はいつも愚かしく、取りとめがありません。**人間も、猫も、みんないっしょうけんめい「思ひ寝《ね》の耳」を動かしてる。**

だからこそ、おかしくもあるし、かわいらしくもあるんです。

太祇はきっとやさしい人だったんだろうな。猫にも、人にも。

ちょっと物足りない蕪村の猫

次は、有名な与謝蕪村《よさぶそん》。炭太祇《たんたいぎ》と同じころの人です。

まずはちょっと印象的な作品からご紹介しましょう。

黒猫の身のうば玉や恋の闇

黒猫のまっ黒な毛の色みたいだなあ、恋の闇は。

（新出句稿断簡より）


「うば玉」はヒオウギという植物の実（まっ黒な色をしている）を指すらしいのですが、和歌や俳諧《はいかい》では、ほとんど「黒」と同じ意味で使います。

恋の闇は、黒猫みたいに黒い。何も見えなくなるくらいに。

ほら、猫にも、三毛とか、トラとか、白いのとか、いろいろいるじゃありませんか。だとしたら、いちばん無分別《むふんべつ》な恋をするのはどのにゃんこか。蕪村が考えた答えは、

「うーん、やっぱり黒猫じゃないかな？　闇みたいな色してるし」

漆黒のうば玉（ヒオウギアヤメの実）

でした。え？　ダジャレじゃないか、ですって？　いいんです。だって俳諧《はいかい》なんだもの。おかしくなかったら、むしろ困ってしまう。

もちろん、句の背後には**「人間だって、恋すればそれくらい深い闇に迷う」**という気分もあるのでしょう。あるいは、黒猫が丸くなって寝てるとうば玉の実みたいだ、という連想もはたらいていたのかもしれません。

でも、まあ、けっきょくは言葉遊びのたぐいですよね。「闇」と「黒猫」のイメージを生かしてきれいに詠んでるけど、名人蕪村にしてはいささか物足りない。

そこで、もうひとつ別な句を読んでみましょう。

巡礼《じゅんれい》の宿とる軒《のき》や猫の恋

巡礼《じゅんれい》が野宿する軒《のき》の上では、猫が恋をしている。

（『夜半叟句集《やはんそうくしゅう》』）

「巡礼《じゅんれい》」は、旅をしながらあちこちのお寺にお詣《まい》りする人のこと。お遍路《へんろ》さんです。あれは今でこそ観光旅行みたいになっていますが、江戸時代には乞食《こじき》すれすれという場合も少なくなかった。一夜の宿を借りられず、どこかの家の軒先《のきさき》で野宿してるんでしょう。一方、屋根の上では猫たちが恋にはげんでいる。

だから、この句は

「幸せな家庭を築こうとしている二匹と、孤独な巡礼の対比」

と読んでもいいし、

「猫も、巡礼も、ほんとうなら家のなかでやるべきことを屋外でやっている」

と考えてもおもしろい（もちろん両方だってかまいません）。

まるで短篇小説の一場面のような、あるいは一幅の絵画のような、いかにも蕪村らしい世界。ですが、**猫好きとしてはすこしさびしくありませんか？**　軒の上でどんな恋が繰りひろげられているのか、もうちょっとくわしく書いてほしかった。

ほら、其角《きかく》だって、太祇《たいぎ》だって、猫の様子や恋のかけひきがはっきり目に浮かぶ詠みかたをしてたでしょう。ところが、蕪村の句で大事なのは巡礼と猫の組みあわせなんですね。だから、「猫の恋」は脇に追いやられて細かい説明がない。何しろ十七文字なんだから、仕方がないといえば仕方がないんだけど。

恋してないのにアンニュイな猫

蕪村《ぶそん》はほかにもいくつか猫の句を残していますが、ぼくの見るところいちばんの傑作は、

夕顔《ゆふがほ》の花嚙《か》む猫や余所《よそ》ごころ

（『蕪村句集』）

夕顔《ゆうがお》の花を嚙んでいる猫は、心ここにあらずといった様子。

ではないかと思います（一七六九年）。

まっ白な夕顔《ゆうがお》の花と猫の組みあわせがきれいで、けだるい雰囲気とよく合っている。こういうイメージの操作をさせると、彼はほんとうにうまい。芭蕉や其角《きかく》とはまた別の才能の持ち主であることがよく分かります。

ただ、解釈がむずかしいんですね。「余所《よそ》ごころ」なんて言葉があると、つい「猫が恋してるのかな」なんて勘ぐりたくなってしまいます。「夕顔《ゆふがほ》の花」だって出てくるし。

ほら、『源氏物語』にそういう名前の女の人がいるでしょう。光源氏の若いころの愛人で、垣根《かきね》に夕顔の花が咲いていたのがきっかけになって知りあうのだけど、すぐ物《もの》の怪《け》にとり殺されてしまう薄幸の美人。

彼女のイメージがあるから、夕顔とくればふつう「はかない恋」と連想がはたらきます。だいたい猫は花なんか食べやしませんからね。遊びのつもりで、投げやりに噛んでる。いかにも「思いこがれて気もそぞろ」といった感じじゃないですか。

でも、よく考えてみるとおかしいんですね。だって、夕顔は七月ごろ咲く花ですもの。『源氏物語』のなかでも、二人の出会いは夏だった。一方、猫の発情期は春です。季節が合わない。だから色っぽい内容の句ではないんです。

じゃあ猫はなぜ上《うわ》の空《そら》なのか？　だれのせいで「余所《よそ》ごころ」なのか？

たぶん理由はありません。蕪村としては、

「ねらいは、アンニュイな気分を描くこと。だから、夏の夕暮れとか、余所《よそ》ごころとか、猫とか、夕顔の花とか、ものうい風情を帯びた言葉を選んで十七文字にまとめたんだよ」

というくらいのつもりなんじゃないかしら。

結果として、絵のように美しい句ができた。感心するくらい魅力的なできばえです。だけど

「余所《よそ》ごころ」や「猫」や「夕顔の花」が互いにどう結びついているかは、あまりよく分からない。

ちょうど、セザンヌの作品が

「とても素晴らしいけど、どうして林檎《りんご》とビスケットなんだろう？　林檎と葡萄《ぶどう》とかじゃダメなのかな」

という疑問を引きおこすのとよく似ています。画面の構成上、こういう取りあわせがいちばん美しく、効果的なことははっきりしているのだけど、論理的な関係については説明がないんですね。場面だけが切りとられていて、前後の文脈がはっきりしない。

でも、いい句だなあ。きれいで、叙情《じょじょう》的で、いかにも蕪村らしい。

しかも、恋をしない猫（たぶん）というのがおもしろいじゃないですか。

和歌でも、連歌でも、俳諧《はいかい》でも、猫といえば恋でした。もちろん人間が恋するのか、猫が恋するのか、という違いはありますよ。ですが、

「猫が出てきたら、とにかく恋と結びつける」

という発想だけは、決して変わりませんでした。もはや一種の伝統といってもいい。

それが、蕪村のころ（一七〇〇年代後半）になると少しずつゆるんでくるんですね。江戸時代の人々はようやく

「恋をしなくたって、猫は句になる」

と気づいたんです。

「人間の恋」にはもう飽きた

俳諧師たちは、しきりに繁殖期の猫をうたいました（蕪村《ぶそん》の「夕顔《ゆふがほ》の花嚙《か》む……」は例外ですが）。

和歌や連歌の世界には

「猫は人間の恋を描くための小道具である」

という固定観念がありましたから、そのパロディとして

「猫だって、人間みたいに恋するんだよ」

と茶化《ちゃか》す句が、江戸時代のあいだじゅう、作られつづけたんです。いろんな人がああでもない、こうでもないと趣向を凝らしたおかげで、「猫の恋」が自然と俳諧のなかに定着したのでしょう。風流で気のきいた題材だというので、みんなが取りあげるようになった。

ところが、だんだん話が妙な方向にそれてゆきます。

「猫の恋は風流なもの」

というのが俳諧の常識になると、今度は歌人たちが

「え？　俳諧では猫の恋なんか詠むの？　いいなあ。素敵だなあ。……ぼくたちも真似しちゃおっかなあ」

ってそわそわしはじめるんですね。

だって、猫が人間みたいに恋するなんて、おもしろそうじゃないですか。

「人間の恋なんて『万葉集』以来ずーっと詠みつづけてるんだもの、もう飽きちゃったよ。もっと別なのがいい！」

からかいかたがあまりにも洒落てたせいで、からかわれる側が逆輸入しはじめたんです。世の中、何が起こるか分からないものですねえ。

『源氏』の猫は恋に落ちない名脇役

というわけで、久しぶりに和歌のお話。

おさらいをかねて、まずは古典的な「型」を確認しておきましょう。

そうです、『源氏物語』。柏木《かしわぎ》と女三《おんなさん》の宮《みや》の悲運が、一匹の猫によってあざやかに描きだされる。ただし、にゃんこはあくまで脇役。助演女優賞ばりの名演技ですが、彼女（?）自身は恋しません。

室町時代の人たちは真面目でしたから、猫うたも紫式部が書いたとおりの内容でした。江戸時代に入っても、はじめのころはだいたい同じような調子だったらしい。たとえば中院通勝《なかのいんみちかつ》というお公家さんの歌集を見てみましょう（『素然集《そぜんしゅう》』）。

獣に寄する恋
わびぬれば手飼《てが》ひの虎の鳴く声にうたてもすすむ思ひとぞなる
心さびしく感じていると、猫の「ねうねう」という鳴き声にさえ思いはつのってゆくのだ。

これ、どう考えても柏木のことですよね。恋をしてるのは人間であって、「手飼《てが》ひの虎」（猫の別名）ではありません。まあ、通勝は『岷江入楚《みんごうにっそ》』という『源氏物語』の注釈書をつくった人ですから、「猫といえば柏木」になっちゃうのは当然なんですけどね。

もうひとつ似た例を。

芭蕉の先生にあたる松永貞徳《まつながていとく》という人は、和歌もなかなか上手につくったのですが、『逍遊集《しょうゆうしゅう》』（一六七七年）という本のなかに次の作品を残しています。

獣に寄する恋

なれよ引く例《ためし》なれども慰まず手飼《てが》ひの虎の形見ならねば

猫よ、お前は「かなわぬ恋を慰めてくれる存在」としてよく例に引かれるけれど、わたしの心は悲しいままだ。きっと好きな人が飼っていたにゃんこではないからだろう。

「なれ」はお前。「引く例《ためし》」というのは、やはり『源氏物語』でしょうねえ。柏木は女三の宮の愛猫を盗んできたおかげで、恋心を多少まぎらわせることができた。わたしときたらついうっかり、あの人とは縁もゆかりもないお前を飼いはじめたけど、どうやらそれではあかんらしい、という歌。

たぶん「猫といえば恋、恋といえば猫」という風潮をからかってるんじゃないかしら。「手《て》飼《が》ひの虎」ならなんでもいいわけじゃないよ。しっかり『源氏物語』で確認してくださいって、冗談半分で注意喚起してるんでしょう。さすが俳諧《はいかい》の先生。

もちろん恋をしているのは「わたし」です。猫はつらさを慰める手段に過ぎません。決して物思いの当事者にはならない。

江戸時代のはじめ、和歌はおおむねこんな感じでした。

「猫は人間の恋を描くための添えもの」

という考えかたが徹底していたんです。

恋する猫は国境を越える

様子が変わってくるのは、蕪村《ぶそん》が活躍しはじめたころ、一七〇〇年代の後半からです。

三十一文字《みそひともじ》の世界でも猫が恋をしはじめる。

たとえば、蕪村と友達だった小沢蘆庵《おざわろあん》の作品（『六帖詠草《ろくじょうえいそう》』）。

猫の、夜、妻を恋ふを遠く聞きて、いとあはれに覚えければ
唐猫《からねこ》の声うら悲し敷島《しきしま》のやまとにはあらぬ妻や恋ふらん

猫が、夜、妻のことを思って、遠くのほうで鳴いているのをあわれに感じたので。

唐猫《からねこ》の声が悲しく響くのは、日本ではない遠くの国にいる妻を思って鳴いているからだろうか。

唐猫《からねこ》が遠く離れた妻のことを思って鳴いている。

隣町あたりの雌猫《めすねこ》に恋するのとはちがって、ひときわ悲しく、あわれに響く声が、作者の心を動かしたのです。

もっとも鎖国《さこく》の時代ですから、さすがに中国から猫を輸入するなんてことはなかったはず。「やまとにはあらぬ」は一種のフィクションじゃないかしら。

蘆庵《ろあん》はたぶん『源氏物語』なんかを読んで、貴族たちが舶来猫《はくらいねこ》を大事にしたことを知ってたに違いありません。ふと耳にした嫋々《じょうじょう》たる声を

「あんなにあわれに鳴くなんて、きっと遠くの国から来た猫が、故郷の彼女を思いだしてるんだよ」

と洒落たんでしょう。

見たまま、聞いたままを詠むのではなくて、平安時代っぽい空想で味つけする。そうすると歌にひろがりが出てくるんですね。

中国に残してきた「妻」はどうなったんだろう？　いつまでも別れた雄《おす》を思っているのかな。もしかしたら前の人のことはあっさり忘れて、新しい雄とよろしくやってるのかも。ほら、芭蕉だって褒めてたじゃないですか、「猫の恋は切りかえ上手だ」って。

だとしたら、いつまでも未練がましい唐猫《からねこ》くんは、ものすごく人間的な存在なのかもしれま

せんね。あきらめが悪い。うーん、身につまされるなあ……。

読者は心のなかにさまざまな物語を思いえがいて、三十一文字のすき間を埋めてゆきます。客観的な描写は「声うら悲し」の七文字だけ。あとはすべて絵空事《えそらごと》に過ぎません。

でも、そのことがかえって深い詩情を生みだしている。結果として雄猫の悲しみがいっそう強調され、わたしたちはまるで柏木《かしわぎ》になったような気分で、しみじみと「あはれ」を感じるのです。

架空《かくう》の唐猫を登場させたのは、蘆庵のすぐれた工夫でした。**江戸時代の「現実」を王朝絵巻の幻影によって彩るだなんて、和歌でなければ、たぶん思いもつかなかった表現方法**でしょうね。昔の人はふしぎなことを考えるんだなあ。

浮気をしかられるオス猫

蘆庵《ろあん》の猫が恋をしてるのは明々白々《めいめいはくはく》、疑いようのないところですが、ほかの歌人だって負けてはいません。

楫取魚彦《かとりなひこ》、といってもご存じないかもしれませんが、江戸時代なかごろに活躍した国学者です。彼の歌集にこんな作品がありました（一七七一年作）。

「猫、妻恋《つまごひ》す」とふことを

東屋《あづまや》の真屋《まや》の軒端《のきば》に声するは手飼《てが》ひの虎の妻や恋《こ》ふらし

「猫の妻恋い」という題で。

屋根の軒先《のきさき》のところで声がするのは、猫が「雨が降って濡れてしまうよ、ここを開けておくれ」と恋人にかき口説《くど》いているのだろう。

（『楫取魚彦家集』）

「東屋《あづまや》」も「真屋《まや》」も建物の名前で、屋根のかたちによって呼びかたが違うのだそうですが、正直なところ、いくら説明を読んでもぼくにはよく飲みこめないし、面倒だからまとめて「屋根」と訳しておきましょう。

前半は平安時代の流行歌（催馬楽《さいばら》といいます）から文句を取ったもの。「東屋《あづまや》の　真屋《まや》のあまりの　その　雨そそき　われ立ち濡れぬ　殿戸《とのど》開かせ」。軒先《のきさき》からしたたってくる雨だれを口実にして「濡れちゃうよ、はやく戸をあけて」と女に呼びかける歌です。**どうせ「来たよ」っていっても、素直に入れてもらえない男なんだろうな。**よそに好きな人ができて、しばらくご無沙汰《ぶさた》してたのかもしれません。女のほうも意地になってるから、

「ちょっとは反省しなさい」

と閉めだしをくらわせる。

猫も、そんなふうだったのでしょうか。

春雨《はるさめ》のなか、どこかの軒先で猫がにゃーにゃー声を立てている。ふと聞きつけた魚彦《なひこ》は
「ずいぶん必死に鳴いてるけど、もしかしたら催馬楽《さいばら》の歌詞みたいに、家に入れてもらえなくて困ってるんじゃないか」

と気をまわしたんでしょう。あんなに水の嫌いな生きものが、濡れそぼって鳴いているんです。色男に苦労はつきものとはいえ、同じ雄《おす》としていろいろ思うところがあったのかもしれません。

雌猫《めすねこ》はちゃんと戸を開けてくれたのかな？　できれば「ひどい人だけど、嫌いになれない」という女心が発揮されるといいのだけど。

婚活下手なにゃんこたち

今度は『雨月物語《うげつものがたり》』の作者として有名な上田秋成《うえだあきなり》の歌。

秋成には最晩年に出版した『藤簍冊子《つづらぶみ》』（一八〇五年）という歌集があるのですが、それには載っていません。京都の野仏庵《のぼとけあん》というお寺に自筆の掛軸《かけじく》がありますので、お暇でしたらぜひお訪

ねになってみてください。

猫、妻を恋《こ》ふ

恋ひよれど妻も定めぬ唐猫《からねこ》の声鳴きかはす軒《のき》に垣根《かきね》に

ずっと言いよっている相手がいるのに、まだ決まった妻を持てないでいる野良猫《のらねこ》たち。軒《のき》の上でも、垣根《かきね》のあたりでも、しきりに鳴きかわしている。

かわいそうにこの猫、好きな相手にいくら言いよっても恋がかなわなかったらしい。繁殖期も終わりに近づくにつれ、軒先《のきさき》でも、垣根《かきね》でも余りものどうしふぎゃふぎゃ鳴きあってるのが聞こえる。断ちきれない未練のうめき声か、残りすくない雌《めす》を取りあっての喧嘩か。あるいは主《ぬし》ある花に手を出して、痴情《ちじょう》のもつれにいたったか。いずれにしろ、あわれといえばあわれ、滑稽といえばずいぶん滑稽な光景です。

蘆庵《ろあん》の作品に比べると、かなり雰囲気が違うと思いませんか。あちらは一匹で切々と声をあげている。優雅で、端正《たんせい》で、しみじみとしたあわれがあって、いかにも和歌っぽいし、何ならロマンチックと言ったっていい。

秋成のほうは、もうすこし現実的です。恋の苦しさを描いても、甘く切ない趣はありません。ふられた悲しみに寄りそい、一体化して、傷心を美しくうたいあげるといった種類の作品ではないのでしょう。

「軒《のき》に垣根《かきね》に」は、つまり「あっちでもこっちでも」ということ。**歌人のまなざしはどこにでもいる、平凡な雄猫《おすねこ》にそそがれます。**新婚さんがよろしくやってるのを尻目に、決まった妻も見つからず、うろうろしてるばかりのにゃんこたち。不器用で、いささか場違いな感じのする合唱（?）が、情けなくも微笑ましい。ついつい同病相憐《どうびょうあいあわ》れむなんて気分になってきます。

大してもてるわけでもないのに、わたしたちはつい人を愛してしまう。おかげでずいぶんかこわるい目にあったりするけれど、かといって途中棄権するわけにもゆきません。だから、恋は苦しいんです。猫だって、人間だって、ままならない現実のなかで「鳴きかはす」しかない。なんだか自分のすがたを見せつけられてるみたいで、体がむずがゆくなってくるような歌ですね。

でも、そういう**ちょっといじわるな観察眼がいかにも小説家らしい。**皮肉で、斜《しゃ》にかまえていて、人間が大好きで……、秋成じゃなきゃ「恋ひよれど妻も定めぬ唐猫《からねこ》」なんて詠まなかっただろうな。

オスはみんなバカで愛らしい

もう一つ、恋する猫うたをご覧いただきましょう。

蘆庵《ろあん》や秋成《あきなり》よりはやや若い世代に属しますが、香川景樹《かがわかげき》の『桂園一枝《けいえんいっし》』（一八二八年）という歌集に入っている作品です。

かくこそあれ身を唐猫《からねこ》の妻問《つまど》ひに騒ぐ心の恋の姿は

唐猫《からねこ》が妻のところへ行きたいと騒いでいる。恋する人のすがたは、きっとみんなこんなふうなのだろう。

「身を唐猫《からねこ》」はたぶん「身を借る」の掛詞《かけことば》でしょう。愛しい彼女を思うあまり、我を忘れて周章狼狽《しゅうしょうろうばい》、大騒ぎする雄猫《おすねこ》。その姿をちょいと拝借《はいしゃく》すれば人間になるというんですから、なかなかうがった歌じゃありませんか。

本人が真剣であればあるほど、どことなく笑いをさそう「妻問《つまど》ひ」の情熱は、わたしたちが所詮《しょせん》恋する動物に過ぎないことを教えてくれます。逢いたい。好かれたい。いっしょにいたい。

なりふりかまぬ必死さを見るにつけ、思わず**「男なんてみんなバカで、滑稽《こっけい》で、愛らしい」**となでなでしてあげたくなっちゃう。「かくこそあれ」（こんなふうだろうか）という言葉には、作者の深い共感が込められています。

猫を人間に見立てておもしろがる句は、俳諧のなかにいくらでもありました。でも、景樹みたいに**「われわれはにゃんこである」**と言いきったのはめずらしい。なるほど、恋とはたしかにこんなもの、とうなずかされる一首です。

恋する猫が文学史を変えた

蘆庵《ろあん》、魚彦《なひこ》、秋成《あきなり》、そして景樹《かげき》。今まで紹介してきた四首の歌は、みんな猫の恋を描いたものです。

猫が猫を恋する歌。

しかも、だいたい同じ時期、一七〇〇年代の後半に集中して詠まれています（景樹だけはもうちょっと新しいですが）。

江戸の和歌は、このあたりから大きく変化します。

「柏木《かしわぎ》と女三《おんなさん》の宮《みや》の密通《みつつう》を下敷きに、恋の小道具として猫を活躍させる」

みたいな詠みかたは古くさくなって、代わりに
「猫が恋してる。まるで人間みたい」

という作品が流行しはじめる。

それって、明らかに俳諧《はいかい》の影響ですよね。最初のうちは俳諧師たちだって、

「人間じゃなくて、猫が恋したらウケるだろうなあ」

というくらいのつもりだったのでしょうが、彼らがいろいろ工夫していい句をたくさん詠んだ
ものだから、今度は歌人のほうが
「猫の恋って、いいじゃん」

なんて気分になってきた。

俳諧というのはパロディです。滑稽《こっけい》で、低俗な、笑いの文学です。

一方、和歌は雅びなものの代表です。

当然、俳諧が和歌の影響を受けることはあっても、逆はありえなかった（もじったり、茶化《ちゃか》し
たりというのも「影響」の一種ですからね）。

ところが、江戸時代も後半に入ると

「和歌だって俳諧の真似がしたい。猫の恋を詠んでみたい」

なんて駄々《だだ》をこねるやつが出てくるんですね。昔気質《むかしかたぎ》の歌人はきっと苦い顔をしただろうな。

理由はいろいろ考えられます。蘆庵や秋成は蕪村《ぶそん》の友達だったからとか、芭蕉百回忌（一七九三年）がきっかけで、ちょっとしたブームになってたからとか。

でも、いちばん大きな理由は、

「俳諧がやっと一人前の文学として認められたから」

だと思うんです。

最初はただのパロディだったものが、芭蕉や蕪村によって磨かれ、洗練されて、上質な作品が生みだされるようになると、和歌にはない独自の味わいを新鮮に感じる人が増えてきたのではないでしょうか。

だからこそ、

「雅びでない、かっこわるいものであっても詩の題材になる」

という俳諧の信念が、蘆庵や秋成の心を動かしたんだと思います。

和歌が生まれて千年。ずーっと「雅びな題材を、雅びに詠む」が金科玉条《きんかぎょくじょう》だったわけですが、ようやく「雅び」以外のものに目が向くようになってきた。

恋なんかしなくても猫はカワイイ

そういえば、蕪村《ぶそん》の話をしたところで、
「恋をしない猫の句が、だんだん増えてくる」
と言ったの、覚えてらっしゃいますか（169頁）。たとえば、ほら、「夕顔《ゆふがほ》の花嚙《か》む猫や余所《よそ》ごころ」。あれってただアンニュイな雰囲気を描いただけで、発情期とは特に関係なさそうだったでしょ？

江戸時代の俳諧《はいかい》って、全体として言えば
「恋する猫から、恋しない猫へ」
という流れがあるのですが、じつは和歌も同じ。たとえば上田秋成《うえだあきなり》の『藤簍冊子《つづらぶみ》』（一八〇五年）には、次のような歌があります。

猫
誰《た》が家を離れてここに迷ひこしとどむ一夜《ひとよ》に馴《な》るる唐猫《からねこ》

どこの家から迷ってきたのだろう。一晩、わが家に泊めてあげただけで、すっかりなついてしまった唐猫《からねこ》よ。

もちろん「一夜の契《ちぎ》りを結んだだけでなついてしまうなんて、どうしようもない浮気者」という解釈も可能でしょうが、単に「猫」という題ですし、迷い猫を詠んだと考えるほうが素直だと思います。秋成のことですから、もしかしたら『更級日記《さらしな》』なんかを念頭に置いているのかもしれませんね。姉妹が飼い主の分からないにゃんこを見つけて、「二人でこっそり飼っちゃおう」なんて言いだす、あの場面（32頁）。

たぶん「誰《た》が家」というのが利《き》いてるんだろうな。どこから迷ってきたか見当もつかない猫。ちょっと謎めいていて、はかなくさびしい感じが、しみじみとした風情を生みだしています。

もう一首、**恋と関係のない猫うた**を紹介しましょう。大隈言道《おおくまことみち》という、幕末ちかいころの人の作品。『草径集《そうけいしゅう》』（一八六三年）という本に入っています。

栗

馴《な》れかねて綱《つな》引き歩《あり》く猫の子も手玉《てだま》に取れる庭の落栗《おちぐり》

なかなかなつかず、長い綱《つな》を引きずって歩きまわる猫の子が、庭に落ちた栗の実をおもちゃにしている。

「まだなつかないから、長い綱《つな》を引きずっている」というのは、『源氏物語』を踏まえた表現かも。女三《おんなさん》の宮《みや》の御簾《みす》がめくれる場面に、「猫はまだよく人にもなつかぬにや、綱《つな》いと長くつきたりけるを」、ちっちゃいほうの猫は人に慣れてないから、長い綱がついていた、とあったでしょう？（46頁）もらわれて来たばっかりなんですね。人間が近づくとおびえてしまうから、綱をうんと長くして、物陰に隠れられるようにしてある。

ただ『源氏物語』といっても、言道の歌は柏木《かしわぎ》の恋を描くわけではありません。もちろん猫の恋でもない。よそから連れてこられて、新しい飼い主になじめないでいる心細さを強調するために「綱《つな》引き歩《あり》く」という表現を使ったんです。

さりげないけれど、ひっそりと身のうちに沁《し》みいるような味わいのある歌ですね。これといって趣向を凝らすわけでもなく、**ありのままを写しながら、自然なかたちで抒情性が浮かびあがってくる。**

「猫の子も、」というのが一首の勘所《かんどころ》でしょう。見ている人間だって、ひとりぼっちの切なさを抱えこんでいるんです。

さびしさをまぎらわせるみたいに、栗の実で遊ぶ猫のすがたがじつにいじらしい。子供時代ならではの感傷《かんしょう》を上手にすくい取っていて、**胸の奥がぎゅっと締めつけられそうになります。**

言道という人は、きっと心の深いところで孤独を感じてたんだろうなあ。

ただカワイイから猫を詠む

人の恋から、猫の恋へ。

恋する猫から、恋しない猫へ。

変化はまず俳諧《はいかい》で起こり、やがて和歌にも波及《はきゅう》しました。

思いだしてみてください。平安時代の終わりごろ、源頼政《よりまさ》が出てくるまで、

「猫は和歌の題材にならない」

というのが常識だったんです。にゃんこなんていくらでもいたのに、歌人たちは見向きもしなかった。あたかも少女漫画の世界から鼻の穴が排除されるように。

だから、頼政はうんと知恵をとしぼって工夫したのでしょう。うるさいことを言う頑固爺《がんこじじい》を「どうです、あの『源氏物語』には〝唐猫《からねこ》〟が出てくるんですよ。柏木《かしわぎ》の恋をかなえてくれるなんて、じつに優雅な生きものじゃありませんか」

と上手に説きふせてしまった。

おかげで、和歌や連歌のなかにも、少しずつ猫うたが増えてゆきます。

でも「『源氏物語』に出てくる」が大義名分ですから、恋をするのはあくまで人間。猫は添えものに過ぎませんでした。

状況が大きく変わったのは江戸時代のこと。俳諧師たちのあいだで

「人間じゃなくて、猫が恋したらウケるだろうなあ」

という発想が生まれ、みんなで楽しく試行錯誤《しこうさくご》しているうちに、だんだん

「恋なんかしなくたって猫はかわいいんだから、ありのままの姿をうたえばいいじゃん」

という声が大きくなって、最後には「恋ひよれど妻も定めぬ唐猫《からねこ》の声鳴きかはす軒《のき》に垣根《かきね》に」

（上田秋成《うえだあきなり》）や「夕顔《ゆふがほ》の花嚙《か》む猫や余所《よそ》ごころ」（与謝蕪村《よさぶそん》）みたいな作品まで登場する。

要するに、和歌の世界ではずっと「言いわけ」が必要だったんです。猫はかわいい。歌に詠んでみたい。でも、詠んではいけないという規則がある。仕方がないから、『源氏物語』を免《めん》罪符《ざいふ》にした。古典の権威《けんい》にすがってルール違反を見逃してもらったんですね。

だけど、江戸時代も後半になると、さすがに

「もう『源氏物語』まで持ちだして言いわけしなくてもいいでしょ」

という雰囲気になってきた。みんな堂々と「猫はかわいい」「猫だって恋をする」とうたえる時代がやってきたんです。

思えば、長い長い道のりでした。

和歌は「美しく、雅びやかな題材だけを扱う」という建前《たてまえ》をとことん大事にします。ほうっておいたら

「猫ってかわいいなあ」

という本音が作品に反映されることは永遠になかったでしょう。せいぜい『源氏物語』を利用して、建前と本音の妥協点を見つけるくらいが関の山だった。

ところが、俳諧という形式があったおかげで、われらがご先祖さまたちは

「優雅でないものをこそ詠むんだ」

という発想を生みだすことができたんです。猫うたはこれによって救われたといっても過言ではありません。言いわけなんかしなくてもいいんだ、と気づいた。

日本の文学は、ようやくほんとうの意味で猫の魅力を知ったのです。

その七

舶来猫は魔性の香り

明治以降の猫うた

猫うたの文明開化

猫の和歌って、おもしろいですね。

はじめはこんなものが文学の題材になるなんて、だれも思ってませんでした。でも平安時代の終わりごろ、頼政《よりまさ》が

「『源氏物語』で猫を詠めばいいんだ！」

と気づいて以来、和歌でも、連歌でも、柏木《かしわぎ》と女三《おんなさん》の宮《みや》の恋が繰りかえしうたわれるようになる。そうすると、今度は定番の詠みかたをからかって

「猫が恋するところをうたってみよう」

なんて俳諧《はいかい》的な発想が生まれてきます。おかげでさらに人気が高まって、夢中で創作にはげんでるうちに、誰かがふと気づくんですね。

あれ？　猫ってかわいくない？

『源氏物語』とか、猫の恋とか関係なしに、ただただかわいくない？

……かくして、ついに**「あるがままに猫を詠んだ歌」が登場します。**彼らはもう恋なんかしません。もちろん御簾《みす》をめくったりもしない。ただ目の前でごろごろしてるだけでじゅうぶん魅力的だということを、和歌はようやく理解したんです。

弘法大師《こうぼうだいし》が『三教指帰《さんごうしいき》』で猫を取りあげてから千年。思えばずいぶん長い時間が経《た》ちましたが、猫うたはやっと「型《かた》」を捨てて、

「何だっていい。とにかく猫をうたうんだ」

という境地に達した。

ときあたかも明治のころ。西洋の影響を受けて、世の中が大きく変わってゆく時期でした。もちろん文学だって例外ではありません。猫うたにもいよいよ「近代」がやってきます。

平安朝のいにしえから、歌の世界はめんどくさい約束事だらけでした。やれ、桜は散りぎわを愛《め》でろとか、ご飯を詠むのはならわしに反するとか（覚えてますか、藤原俊成《としなり》のアドバイスを）、むやみと面倒な決まりがある。

作法《さほう》といってもいいし、約束事といってもいいけれど、明治の人たちはこうしたものにひど

く冷淡だった。何しろ文明開化の世の中。和歌だって、昔と同じままでは困るという意見が多かったんでしょう。「ヨーロッパの文学には規則なんかないんだから」というので、伝統とか、しきたりとか、一切合切《いっさいがっさい》ぜんぶなくしてしまったんです。

ことに一九〇〇年代以降、歌はまったく自由になります。何でも好きなように詠んでいい。かたちだけは五七五七七のままですが、江戸時代以前の作品とはまったく違う。だから、古典の和歌に対して**「近代短歌」**なんて呼んだりします。

明治の猫はあるがまま

たとえば正岡子規《まさおかしき》。彼は『歌よみに与《あた》ふる書』（一八九八年）という評論《ひょうろん》を書いて、新しい時代の短歌は伝統にとらわれてはいけないと強く訴えた人ですが、**猫うただってらしさ全開**です。

さし向《むか》ふ明家《あきや》の屋根にから猫の眠るも見えて遅き暮《くれ》かな

向かいの空き家の屋根に唐猫《からねこ》が眠っているのが見える。ああ、時がゆるやかに流れてゆく春の夕暮れ。

（『竹乃里歌《たけのさとうた》』）

「から猫」（唐猫）はたぶん「猫」くらいの意味で使ってるんでしょうね。「明家《あきや》の屋根」というのが泣かせるじゃないですか。柏木《かしわぎ》や女三《おんなさん》の宮《みや》が住んでるような御殿《ごてん》ではなくて、ごくありきたりな町家《まちや》の屋根。江戸の昔なら俳諧《はいかい》でしか扱わないような題材です。しかし、子規にとってはそのことがすでにひとつの主張だった。彼は

「これからの短歌は、型どおりの美しく雅びなものばかり詠んでいてはだめだ。俳諧のように、身のまわりにあるものを写実的に描くんだ」

と考えたんです。

もちろん「から猫」だって恋なんかしない。柏木の物思いのきっかけを作ったりもしない。ひなたぼっこしながら寝てるだけです。でも、春の夕暮れのゆったりした時の流れとうまく調和して、やわらかな詩情を生みだしている。

子規の歌に出てくるのは、ただの猫です。『源氏物語』とは無縁だし、芭蕉みたいに発情期の悲しみをうたうわけでもない。おそらく見たままの風景を詠んだのでしょう。古典的なにゃんこ像とはだいぶ違うけれど、じゅうぶん瀟洒《しょうしゃ》で、かわいらしくて、しかもリアルです。

あるいは、樋口一葉《ひぐちいちよう》。

ええ、『たけくらべ』を書いたあの一葉です。彼女にはこんな作品がありました。

猫

朝夕に膝《ひざ》を離れずむつれよる子猫は声も美しきかな

朝夕、わたしの膝もとを離れようとせず、甘えてくる子猫は、鳴声までかわいらしいなあ。

（明治二十一年の詠草より）

古語の「美し」は、小さなものを愛でるための言葉。現代語でいえば「かわいらしい」に近いかも。

家に来たばかりの子猫なのだと思います。一葉がすわっていると（もちろん畳の上に正座するんですよ）、そばに来てすりすり甘える。親から離れ、頼るべきものを持たないちいさな命が、何のためらいもなく差しだす純粋な愛情。作者は戸惑いながらもそれを受けいれ、慈《いつく》しむかのようなまなざしをそそぎます。「美しきかな」の一言には、弱く、はかない存在への共感がこめられているのではないでしょうか。

もちろん、この猫も『源氏物語』とは関係ありません。恋だってしてない。**一葉はただ子猫のかわいさを詠んだのです。**

目の前に猫がいるだけで、歌になる。

伝統や型《かた》に頼らなくたって、猫を魅力的に描くことができる。時代は大きく変わりました。もう約束事にしばられる必要はありません。歌人たちは猫のすがたを自由に詠みはじめます。

猫うたはセンスで詠め

石川啄木《いしかわたくぼく》の『一握《いちあく》の砂』（一九一〇年）なんて、まさに典型的。

葡萄色《えびいろ》の
長椅子《ながいす》の上に眠りたる猫ほの白き
秋のゆふぐれ

葡萄色の長椅子で眠る猫。秋の夕暮れ、ほの白くかがやくその毛の色。

「葡萄《えび》色」は暗い赤紫。バーガンディーのような色です。
夕闇があたりをひたすころ、一日の終わりを告げ《つ》るかのごとくたゆたう光。葡萄《えび》色の長椅子《ながいす》はしだいに陰翳《いんえい》を帯び、白猫だけがほの白いかがやきをはなちます。一首を「秋のゆふぐれ」としめくくったのが啄木の工夫でしょう。すべてのものがゆるやかに衰えゆく豊穣《ほうじょう》の季節。黄金の滴《したた》りのように美しい時間が、今まさに過ぎさろうとしている。ほのかな感傷《かんしょう》が作品の隠し味になっています。

ですが、ちょっと考えてみてください。長椅子の上で寝てるのは、なぜ猫でなきゃいけないんでしょう？　もちろん、「秋のゆふぐれ」にふさわしい、もの悲しく官能的なイメージとか、「葡萄色《えびいろ》」と白の色彩的な対比とか、やろうと思えばいろいろ理屈はつけられるんですよ。だけどけっきょくのところ

「啄木のセンスだね」

としか説明しようがないんじゃないかなあ。

型《かた》がなくなるって、つまり、そういうことなんです。みんなで共有していたお決まりの方法が成りたたなくなっちゃう。だから、ひとりひとりが自分の感覚で猫を詠むようになるんですね。

これがもし頼政《よりまさ》なら

「ほら、『源氏物語』に出てくるじゃないですか。柏木《かしわぎ》と女三《おんなさん》の宮《みや》が……」

なんて具合に、資料を引っぱりだして滔々《とうとう》と語ってくれることでしょう。

でも、啄木だと

「え？　長椅子の上で寝てるのが猫じゃないといけない理由？　うーん、どうしてって言われてもなあ。……**まあ、インスピレーション的な？**」

とごまかすのがせいぜいで、『源氏物語』のように客観的な根拠を挙げられないんですね。すべては才能と霊感（と言えばかっこいいけど、つまりはセンスと思いつき）ということになっちゃう。

でも、だからこそすごい作品も生まれてきます。与謝野晶子《よさのあきこ》の

落椿朽《おちつばきく》ちたる庭は猫の声よりきたるごとたそがれとなる

地に落ちた椿《つばき》の花が朽ちてゆくこの庭にも、たそがれがやってくる。まるで猫の声が近づいてくるように。

（『春泥集《しゅんでいしゅう》』）

だの、岡本かの子の

春の冷え今朝《けさ》は著《しる》しも花蔭《はなかげ》を歩める猫の尾は逆立《さかだ》てり

春だというのに今朝《けさ》はひどく冷える。桜の下を歩いてゆく猫の尾が逆立つほどに。
（「歌日記」より）

だの、**いったいどんな感覚をしてたらこんな歌を考えつくのか、まったくもって謎としか言いようがありません。**

晶子の「猫の声よりきたるごと」は「ひっそりと、不意に」という意味なんだろうと思います。椿《つばき》の花が散ったまま、片づけられることもなく静かに朽ちてゆく。人気のない、忘れられた場所にも、やがて夕暮れがやってきます。足音を立てず、ひそやかにしのびよる「たそがれ」を作者は猫の声みたいだと感じたのでしょう。椿の花のあざやかな色彩と、ほの暗い闇の美しさがみごとに響きあっています。

岡本かの子（地味だけど、いい小説を書いた作家です）のほうはさらに前衛《ぜんえい》的。猫が尻尾をぴんと立てて歩いている、それが今朝《けさ》の寒さをあらわしているようだ、というんですから。もちろん、ほんとはあれ、猫がうれしがってる仕草《しぐさ》なんだそうですが、作者の意識のなかでは背筋がのびるような「春の冷え」と重なってるんでしょうね。鋭く、冴《さ》え冴《ざ》えとかがやく桜の美しさが胸を打つ一首です。

愛を込めてペロペロを

奇抜なイメージといえば、斎藤茂吉《さいとうもきち》の『赤光《しゃっこう》』（一九一三年）もはずせません。

猫の舌のうすらに紅《あか》き手ざはりのこの悲しさを知りそめにけり

うっすらと赤い猫の舌の手ざわり。その悲しさをはじめて知った。

猫の舌なんて詠んだ歌人、ほかにはいないんじゃないかしら。ざらざらしてて、ちょっとくすぐったいあの感触。人間とは似ても似つかないけれど、いかにも「うすらに紅《あか》き手ざはり」にふさわしい繊細さがあって、わたしたちは猫にぺろぺろされるたび、「ああ、これは人間とはまったく違った動物なんだ」という思いを深くするのですが、向こうはそんな気を知ってか知らずか、黙々と指を舐《な》めつづけている。

決して交わることのない二つの命が互いを求めあう、切なくて、あわれな光景を作者は「悲しさ」と呼んだのです。猫と人間だけじゃない。猫と猫だって、人間と人間だって、けっきょくは別な存在であって、ほとんどの場合分かりあえたりしないのだけど、だからこそ誰もが誰かに自分の孤独を差しだしつづけている。

茂吉がすごいのは、生の悲しみをただ理屈として放りだすのではなく、具体性のあるイメージによって象徴させたところです。「生きることはさみしい」というだけでは、ただの哲学的詠嘆に過ぎません。「猫の舌のうすらに紅《あか》き手ざはり」という比喩があるから文学になる。小難しく考えなくったって、読んでぱっと「悲しさ」が伝わってくるでしょう。作者のセンスと私たちのセンスが反応して、回路がつながるのです。

茂吉の歌には、もはや『源氏物語』や妻恋いのような「型」はありません。代わりに、彼独自のセンスによって読者をとりこにしてしまう。いかにも猫うたの近代と呼ぶにふさわしい作品だと思いませんか？

白秋、めくるめく倒錯の世界

お次は、詩人としても有名な北原白秋《きたはらはくしゅう》。**近代の猫うたを語るうえで、避けて通ることのできない文学者**です。

特に最初の歌集『桐《きり》の花』（一九一三年）には印象的な作品がたくさん収められています。せっかくなので、いくつか紹介してみましょう。

まずは、ちょっと古風に恋の苦しみをうたったもの。

白き猫膝《ひざ》に抱《いだ》けばわがおもひ音《おと》なく暮れて病むここちする

白い猫を膝に抱いていると、一日は何ごともなく過ぎ、わたしの心は病んでゆくかのようだ。

膝に抱かれた白猫は、『源氏物語』と違って男の物思いをなぐさめたりはしないし、あこがれの人の身代わりでもありません。単に悲しみとやるせなさと退屈の象徴として描かれています。

次は夏の終わり、お昼寝中の猫たちをうたった一首。

白き猫あまたゐねむりわがやどの晩夏の正午近《まひるちか》まりにけり

夏の終わり、正午が近づくころ。宿にはたくさん白い猫が眠っている。

こちらはけだるい閉塞感《へいそく》の象徴といったところでしょうか。「晩夏の正午《まひる》」の暑苦しさとあいまって、のんびりとした味わいというより、やり場のないいらだちが強く迫ってきます。

いかがです？『桐の花』の猫って、全然かわいらしくないでしょう。生きることに疲れはて、どこか愁《うれ》いを帯びている。無為《むい》のうちにまどろむすがたは、読者を「病むここち」にさえ導きます。白秋にとって、猫は

「今すぐ破滅というほどではないが、もはや取りかえしのつかない状況に追いこまれて、ゆっくりと最後のときを待っている、救いのない憂鬱《ゆううつ》」

をあらわす動物だったようです。油断ならない、危険な存在だった。

もちろん、『桐の花』の作者が猫嫌いだったわけではありませんよ。

むしろ逆。

白秋は日本ではじめて本格的に頽廃《たいはい》の美をうたった詩人でした。きれいなだけが「美」ではない。醜く、呪われたもののなかにも甘美な悦《よろこ》びがある、なんてことを言いだしたんです。絶望も、倦怠《けんたい》も、やるせなさも、みんな褒め言葉だった。救いのない憂鬱こそが望ましい。

きれいなものより、呪われた美しさを――。

白秋の猫うたは、ときにこうした倒錯《とうさく》的な美意識をあからさまなまでに反映します。

闇の夜に猫のうぶごゑ聴くものは金環《きんくわん》ほそきついたちの月

闇の夜に生まれでた猫のうぶ声。それに聞きいっているのは、細い金の輪のような新月だけ。

（『雲母《きらら》集』）

闇、夜、金環《きんかん》、新月。生まれてくる子猫は、どう考えても魔性《ましょう》の生きものですよね。しかも日本風の化け猫ではありません。ずいぶんハイカラで、西洋っぽい。きっと何やらあやしげな力で人をたぶらかそうというんでしょう。

でも、魅力的な歌だと思いませんか。悪の美しさにうっとりしてしまう。

同じ白秋の作品でも、詩となるともっと露骨です。たとえば、代表作『邪宗門《じゃしゅうもん》』（一九〇九年）に収められた「赤き花の魔睡《ますい》」なる一篇。

日は真昼《まひる》、ものあたたかに光素《エエテル》の
波動は甘く、また、緩《ゆる》く、戸に照りかへす、

その濁る硝子《がらす》のなかに音もなく、
哥囉仿謨《コロロホルム》の香《か》ぞ滴《したた》る……毒の譃言《うはごと》……

遠くきく、電車のきしり……
……棄《す》てられし水薬《すゐやく》のゆめ……

やはらかき猫の柔毛《にこげ》と、蹠《あなうら》の
ふくらのしろみ悩ましく過ぎゆく時よ。
窓の下《もと》、生の痛苦に只《ただ》赤く戦《そよ》ぎえたてぬ草の花
亜鉛《とたん》の管の
湿《しめ》りたる筧《かけひ》のすそに……いまし魔睡《ますゐ》す……

真昼。光は甘く、あたたかく揺れ、ゆるやかにドアを照らす。濁ったガラスの内側では、音もなくしたたるクロロフォルムの香。聞こえるのは、毒に冒《おか》されたうわごと。電車のきしりが、

遠く夢のなかにまで響いてくる。

毛なみやわらかな猫が、足の裏の白いふくらみ（つまり、肉球）を見せて、悩ましく過ぎてゆく。窓の下には、トタンの管からしたたる水。風にそよぐことさえ忘れた赤い花が麻痺《まひ》したように眠っている。生きる苦しみから逃れようとして。

……憂鬱と苦しみに疲れはて、それを少しでもまぬがれるために、クロロフォルムで眠りたい、と白秋はうたいます（「魔睡《ますゐ》」は「麻酔」なんだろうな）。なんとも呪われた願望ですが、昏睡《こんすい》状態の男が見る幻覚のなかに猫が登場する。「やはらかき猫の柔毛《にこげ》と、蹠《あなうら》のふくらのしろみ悩ましく」なんて、じつに官能的かつ蠱惑《こわく》的。これまたどう考えても魔性の動物ですよね。色っぽいんだけど、その色っぽさにうかうかだまされて、奈落《ならく》の底まで連れてゆかれそう。

けれども、白秋に言わせれば、

「奈落の底だって、別にいいじゃない。このつまらない世界で苦しみながら生きるくらいなら、猫がいるだけ、地獄のほうが官能的」

ということなんでしょう。

不健全？

ええ、不健全で、倒錯的で、呪われてます。

でも、だから美しい。魔物はいつだって魅力的なんです。

猫の魔性を描いたボードレール

じつは、『邪宗門《じゃしゅうもん》』の猫にはちゃんとしたお手本があります。それはフランスの詩人、シャルル・ボードレール。

そもそも白秋が若いころ、むやみに頽廃《たいはい》と倒錯の美にあこがれたのは、ボードレールの詩集『悪の華《はな》』（一八五七年）の影響でした。十九世紀の終わりから二十世紀のはじめにかけて、ヨーロッパでも、日本でもデカダンスが流行して、ちょっと気の利《き》いた文学者はみんな「憂鬱《ゆううつ》の悦《よろこ》び」みたいなことを言いだすのですが、もとをたどれば『悪の華』がすべてのはじまり。生の苦しみ、死の愉悦《ゆえつ》、醜悪《しゅうあく》の美、不道徳の官能性、呪われてある恍惚《こうこつ》、さらには夢、幻覚、酒、薬物、毒、娼婦。みんなボードレールの創意工夫によって、しかるべき文学的地位を占めるようになった題材です。先ほどの「赤き花の魔睡《ますい》」なんて、じつにみごとな『悪の華』の本歌取《ほんかど》り。いっしょうけんめい勉強したんだろうなあ。

白秋がボードレールから学んだのは、もちろんクロロフォルムと夢と生の苦しみだけではありません。もうひとつ大事な成果があった。

ええ、猫です。

ボードレールは愛猫家でもありました。『悪の華』には何度もあの動物が登場します。しかも白秋と同じく憂愁《ゆうしゅう》の象徴として、色っぽく、神秘的に描かれる。たとえば「猫たち」という詩（拙訳）。

恋にのぼせた人々も、おごそかな学者も、
年を重ねれば、みな猫を愛するようになる。
強く、やさしく、家の自慢でもある猫。
寒がりで、出不精《でぶしょう》なのは飼い主そっくり。

学問の友であり、快楽の友でもある猫は、
沈黙と闇の恐怖を求めつづけるのだ。
もし彼らが誇りを曲《ま》げ、隷属《れいぞく》に甘んじたなら、
エレボスは葬列の柩《ひつぎ》を挽《ひ》かせただろうに。

物思いにふける気高いすがたは、
孤独の底に身を横たえたスフィンクスが、
見果てぬ夢にまどろむかのよう。

猫たちの豊かな腰には魔法の火花が満ち、
謎めいたその目には、黄金のかけらが
かすかに輝いている。細かな砂のごとく。

「エレボス」はギリシア神話に出てくる冥界《めいかい》の神。「スフィンクス」は高い知性を誇る神獣として知られます。猫は黄泉《よみ》の国の使者ともなりうるし、「沈黙と闇の恐怖」を求め「見果てぬ夢にまどろむ」幻想的な存在でもある。謎めいていて、美しく、油断ならない魔性《ましょう》を秘めた動物なのです。

白秋はこういった西洋的なイメージを詩や短歌のなかに取りいれたのでしょう。だから彼の猫はあやしく謎めいてはいるけど、日本風の化け猫とはちょっと違う。何となくハイカラなんですね。優雅で、色っぽくて、どこか官能的。ただおどろおどろしいだけの怪物ではなくて、つい引きこまれてしまいそうな魅力がある。危険で甘美な味わいはいかにもボードレールふうです。

「魔性の猫」という新しい型

たぶん『源氏物語』や妻恋《つまご》いをひきずっていたら、白秋《はくしゅう》みたいな猫うたは生まれなかった。歌人たちがいったん型をはなれたことによって、フランス文学から影響を受けることが可能になったんです。

わたしたちは、よく**「猫は謎めいているところがいい」「とらえどころがないのが素敵」**なんてことを言いますが、こうした感覚は江戸以前にさかのぼるものではありません。明治、大正のころもてはやされた舶来品《はくらいひん》が、百年かけてゆっくり日本になじんでいったのです。**和歌の伝統が途絶えたところに西洋風の美意識が接ぎ木《つき》された。まさしく猫うたの文明開化です。**

美しく、危険で、人の心をとろかすような魔性《ましょう》の猫。白秋だけではありません。はなやかな異国の香りに、文学者はみんな夢中になった。たとえば萩原朔太郎《はぎわらさくたろう》。彼の第一詩集『月に吠《ほ》える』（一九一七年）には、「猫」という作品が収められています（引用は一部のみ）。

まつくろけの猫が二疋《ひき》、
なやましいよるの家根《やね》のうへで、
ぴんとたてた尻尾《しつぽ》のさきから、
糸のやうなみかづきがかすんでゐる。
『おわあ、こんばんは』
『おわあ、こんばんは』
『おぎやあ、おぎやあ、おぎやあ』
『おわああ、ここの家の主人は病気
です』

月あかりのもと、主人の病気を告げる二匹の黒猫。「おわあ」「おぎやあ」という鳴声からして不吉ですが、でも彼らは同時に「なやましい

よる」の象徴でもある。**うす気味悪いけど、色っぽい。**まがまがしいのに読者を引きつけてやみません。ぴんと立てた尻尾と糸のような三日月《みかづき》の対比が、ただごとではない夜の訪れを物語っています。何か悪い予感はするけれど、心ひかれるのをとめられない。破滅への誘惑が、読む人をやさしくからめとってゆく。

朔太郎の詩にあらわれた猫のイメージは、明らかに白秋や『悪の華《はな》』と同じ系譜に属しています。もちろん、細かな違いはあるにしても

「魔性のものとしての猫の魅力」がひとつの型として共有されていることは確実。**「恋する猫」の伝統から抜けだしたとき、詩人たちはボードレールをお手本にしはじめたんですね。**

わたしたちにとって『月に吠える』の発想はごく自然なものです。猫が謎めいているというのも、だから甘美だというのも、多くの現代人にとって納得できる考えかたでしょう。でも、そのために日本の文学はたくさんのものを捨てなくてはならなかった。『源氏物語』の猫も、恋しい人の代わりになでなでされる猫も、けなげに恋する俳諧《はいかい》の猫たちも、ぜんぶ忘れさらなくてはいけなかった。

この本で紹介した古典の猫うたが、みなさんにとってまったく馴染《なじ》みのない存在であったの

はあたり前のことなんです。近代文学はすべての伝統を断《た》ちきって、

「だれかの借りものではない、自分だけの感覚で詠んでみよう」

というところから始まったのですから。おかげで白秋や朔太郎は、今まで日本人が考えもしなかった猫の一面を描くことができました。『源氏物語』が生きていたら、たぶんボードレールふうの魔性の魅力は根づかなかったでしょう。いくらハイカラで、西洋風でも、

「やっぱり〝ねうとこそ思へ〟にはかなわないよ」

ということになってたんじゃないかな。

新しい「型」を受けいれるためには、古いものを捨てるしかなかった。

猫うたにとって、近代は大きな曲がり角だったんです。

エピローグ

寒がり、ものぐさ、漢詩の猫

最後にぼくのいちばん好きな猫うたをご紹介しましょう。
江戸後期の漢詩人、大窪《おおくぼ》詩仏《しぶつ》の「猫に贈る」という作品。一八一〇年に出版された『詩聖堂《しせいどう》詩集』という本に入っています。

爐辺《ろへん》　日々睡《ねむ》り媒《なかだち》を為し、
我と渠儂《かれ》と懶《らん》なること似たるかな。
却《かへ》つて笑ふ　渠儂《かれ》の我よりも懶にして、
梅花発《ひら》くといへども醒《さ》め来たらざることを。

火のそばで毎日睡《ねむ》ってばかりだから、猫とわたしは仲良し。二人とももものぐさなところがそっくりだ。でも、彼のほうがやはり一枚上手かな。梅が咲いても起きてこないほどの怠けぶりには、笑うしかない。

「わたしは詩人だから、ものぐさとはいえ風流を求める心がある。さすがに梅が咲いたら外へ出かけるのに、君はそんなのどこ吹く風。ずっと寝てばっかり。あきれちゃうよ」と猫をからかっています。読んでるほうからすれば、

「どんぐりの背比べじゃないか」

なんて笑いたくなってしまいますが、おそらく作者はそこまで計算していたのではないかしら。

この詩のほんとうの主人公は猫ではありません。詩仏自身です。

「飼い主であるわたしだって、寒がりで、ものぐさで、**世間さまのお役に立つようなことは何ひとつできないのです。**せいぜい梅を見にゆくくらいのもの。だから、どうかそっとしておいてください」

表向き自嘲《じちょう》のようでありながら、じつは「詩人って猫みたいな生きものなんだから、仕方ないでしょ?」と開きなおってる。「渠儂《かれ》」のやる気のなさに惚《ほ》れこみ、自分も同じだと主張するところが、いかにも洒落ています。

猫のいるところ、かならず文学あり

猫がものぐさだなんて、現代人にとってはほとんど常識。でも詩仏より前に、そんなことうたった作品はありません。たぶん、みんな忙しかったんだろうな。猫を取りあげるとなったら『源氏物語』をおさらいするとか、人間の恋と比べて笑いをとるとか、やらなきゃいけないことが多くて、目の前にいる相棒をじっくり観察する暇がなかったんでしょう。だから、アンニュイな魅力に気づけなかった。

和歌や連歌、俳諧《はいかい》にはある種の型があります。題材ごとに「正しい詠みかた」が決まっていて、かならず守らなくてはいけない。文人たちはこうした知識をきちんと身につけるために、長い時間をついやしていたんです。

一言でいうなら、昔の文学は「勉強」だった。

公式を暗記して、個々の設問にあてはめる。「猫といえば恋」という約束を守れない生徒はマルをもらえません。お手本をよく見て、先生に教わったとおり答案をつくるのが、まずは大事。たとえ個性に乏しくても、行儀よくきちんとまとまった作品が喜ばれました。

窮屈《きゆうくつ》だったでしょうね。制約ばかりでつまらない、好きなように書きたい、と思った人も多かったんじゃないかなあ。

だから、型は時代とともに変化してきたんです。

もともと、猫なんて和歌に詠んではいけない存在だったんですよ。なのに、いつのまにか

「『源氏物語』を典拠《てんきよ》にするなら、まあ、いいか」

ということになり（ありがとう、頼政《よりまさ》）、さらには俳諧のおかげで、猫どうしの恋とか、魚が好きとか、寒がりとか、新しい視点が持ちこまれ

「猫ならなんでもいいじゃん！　だって、かわいいんだもん」

みたいなことを言いだすやつまで出てくる。ついには明治の訪れとともに

「しきたりなんて無視しちゃえ」

という声が大きくなって、近代短歌の扉が開きます。

『源氏物語』から九百年。

型と公式でがんじがらめだった猫うたは、少しずつ表現の幅をひろげ、ようやく完全な自由を手に入れました。**紆余《うよ》曲折《きよくせつ》を経《へ》て、伝統という「首綱《くびづな》」から解放されたのです。**

気ままに散歩しはじめたにゃんこたちは、もはや詩人ひとりひとりの個性とセンスによって

つなぎとめるしかありません。他人のつくった教科書なんかあてにせず、自分の頭で考え、工夫し、何度も失敗をかさねながら正解を模索《もさく》する。ひたすら孤独で、きびしく、つらい作業です。けれども、だれひとり猫うたをあきらめはしなかった。子規《しき》も、啄木《たくぼく》も、白秋《はくしゅう》も、むしろわくわくしながら挑戦をつづけた。

だってほら、詩仏《しぶつ》も言ってるじゃありませんか。

「猫は詩人の友」

どんな時代になろうとも、文学は彼らを手放したりできない。

世界に言葉があるかぎり、わたしたちは猫について語りつづけることでしょう。

——きっと次の千年も。

あとがき（と補足）

猫にはたいへんお世話になってます。

授業で和歌の話をするとき、頼政《よりまさ》や心敬《しんけい》の例を持ちだすと、学生たちがじつにあっさり納得してくれるんです。当時のしきたりや伝統主義が何となく腑《ふ》に落ちるらしい。第一、退屈せずにちゃんと聞いてくれる。こんなに使い勝手のいい教材（?）はありません。いつも重宝《ちょうほう》させてもらってます。ありがとう、にゃんこ。

でも、

「だから、本の一冊くらいすぐまとめられるだろう」

なんて思ったのが運の尽き。ボードレールじゃないけれど、連中のせいで奈落《ならく》の底をかいま見ることになりました（さすが魔性《ましょう》の生きもの）。途中からは執筆のためにまとまった時間が取れず、おしゃべりしたものを書きおこしてもらう始末。原稿の手入れはしたつもりですが、行きとどかないところが残っていたらお許しください。

以下、いくつか補足を。

—補足—

長崎県壱岐《いき》市のカラカミ遺跡（9頁）では成獣をふくむ猫の骨が複数見つかっていて、最新の調査報告書『カラカミ遺跡　総括編Ⅰ』（長崎県壱岐市教育委員会、二〇二二年）によると「一定の個体数のイエネコが日常的に飼われていたためと考えられる」とのこと（松井章・真貝理香）。また、足跡つきの須恵器《すえき》（同頁）は見野《みの》古墳群（兵庫県姫路《ひめじ》市）および興道寺《こうどうじ》遺跡（福井県美浜《みはま》市）から出土しています。

猫の実用性については、もっぱら鼠《ねずみ》をとることにかぎって議論を進めましたが（10頁）、平安前期に編《へん》纂《さん》された『本草和名《ほんぞうわみょう》』によると「猫屎」（猫のふん）がマラリアの薬になるんですって。うーん、効《き》くとしても飲みたくはないなあ。

猫が出てくる最古の文献として、本文では空海の『三教指帰《さんごうしいき》』を紹介しました（11頁）。ふつう国文学者は『日本霊異記《にほんりょういき》』の名前を挙げることが多いので、いぶかしく思われた方がいるかもしれません（死んだお父さんがにゃんこに生まれかわってごちそうにありつく、という話が載ってます）。

『日本霊異記』の序文には弘仁十三年（八二二）の日付があるので、延暦十六年（七九七）に書かれた『三教指帰』より新しいことは一目瞭然《いちもくりょうぜん》。ところがややこしいことに、延暦六年（七八七）ないし十六年（七九七）に『霊異記』の原形ができていたという説もあって、かんたんに先後関係を決められないんです。

いろいろ悩んだのですが、推定年代で論じはじめるとキリがなくなりそうな気がして、今回は『三教指帰』を優先しました。もし間違ってたらごめんなさい。まあ、どの本見たって同じことが書いてあるんですもの、一冊くらい異を立てたって罰《ばち》はあたらないでしょう。

『寛平御記《かんぴょうぎょき》』はあえて全文を載せました（15頁）。どの本を見ても断片的にしか引用されないので、手に取りやすいかたちでまとめておきたかったんです。くわしい内容が気になる方は、拙稿「宇多天皇の驪猫―『寛平御記』寛平元年二月六日条の解釈をめぐって―」(「神戸学院大学人文学部紀要」四五、二〇二五年三月、掲載予定)をごらんください。

源精の名前(16頁)はふつう「くわし」と読むことが多いのですが、角田文衛『紫式部とその時代』(角川書店、一九六六年)の説にしたがって「すぐる」としています。

花山上皇の「敷島《しきしま》のやまとにはあらぬ唐猫《からねこ》の君がためにぞ求め出《い》でたる」という歌、覚えてらっしゃいますか(25、75頁)。じつはあれ、『古今和歌集』に収められた「敷島《しきしま》のやまとにはあらぬ唐衣《からころも》ころも経《へ》ずして逢ふよしもがな」(日本のではない、中国の衣。その「ころも」ではないけれど、頃(時間)を置かず、あの人にすぐ逢う手立てはないものか)のもじりです。どうでもいいことだけど、ちょっと補足。

昌子内親王が花山上皇から猫をもらった(25頁)のは、正暦二年(九九一)以降のことではないかと思います。火事にあった内親王邸《ないしんのうてい》が再建されたのがこの年ですから、新居で飼うペットを探していたのではないでしょうか。なお本文では便宜上、「昌子」に「まさこ」というふりがなを付けていますが、特に史料的な根拠があるわけではありません。

春日《かすが》大社の毛抜形太刀《けぬきがたたち》や宮中のにゃんこ柄《がら》ふすま(37頁)に関しては、猪熊兼樹「春日大社蔵「沃懸地螺鈿毛抜形太刀」の意匠に関する考察」(「仏教芸術」二六六、二〇〇三年一月)を参照しました。

『源氏物語』に出てくる猫の夢(60頁)に興味がある方は、藤井由紀子『異貌の『源氏物語』』(武蔵野書院、二〇二一年)をお読みになるといいでしょう。

藤原定家《さだいえ》の猫が亡くなった(98頁)のは、承元元年(一二〇七)七月四日のこと。『明月記《めいげつき》』という日記に簡単な記事がありますが、相当なかわいがりようだったらしい。もとは奥さんが飼ってたんですって。

猫と牡丹《ぼたん》の組みあわせ(110頁)を取りあげた研究

に、藤井享子「近世前期の猫文様について―禅語と歌舞伎の視点から―」（『服飾美学』四六、二〇〇八年三月）、「近世前期の猫文様について（承前）―牡丹花下睡猫児の享受の諸相―」（『服飾美学』四九、二〇〇九年九月）があります。友達の話によると、一昔前の中国では魔法瓶《まほうびん》や炊飯器《すいはんき》の柄《がら》にもなっていたのだとか。日本だと日光東照宮《にっこうとうしょうぐう》の眠り猫が牡丹の陰にいるんですが、ご存じでした？

『遊行柳《ゆぎょうやなぎ》』の写真（117頁）は「手飼《てが》ひの虎の引綱《ひきづな》も」のくだりを撮影したものです。柳の精が左手でリードを持って、今から散歩に出かけるようなかっこうをしてるでしょう？　もっとも『源氏物語』によれば綱を引っぱるのは猫。人じゃありません。だからほんとはおかしいんだけど、能の型はむかしからああなってます。だって、かっこいいんだもん。

里村昌叱《さとむらしょうしつ》の和歌が「ねう」ではなくて、「ねよとの声」になってる（120頁）のは、「皆人《みなひと》を寝よとの鐘は打つなれど君をし思へば寝《い》ねかてぬかも」（『万葉集』）の影響かもしれません。「寝よとの鐘（の声）」（寝るべき時を告げる鐘）は定型句としてよく使われたようです。

正徹《しょうてつ》の猫うた、『源氏物語』とはまったく関係ないと言ってますが（123頁）、もしかしたら「若菜」の巻の「命こそ絶ゆとも絶えめ定めなき世の常ならぬ仲の契りを」（無常の世の中、命は絶えることがあっても二人の恋は永遠だ）から言葉だけ借りた可能性も。女三《おんなさん》の宮《みや》のところへ出かけてゆく新婚の光源氏が、紫の上に「心配しなくていいよ」と詠みかけた一首です。

「その五」と「その六」は、かなりの部分を中村真理「俳諧の猫―「本意」と「季語」の視点から―」（『連歌俳諧研究』一二五、二〇一三年九月）に負っています。学恩に深謝。

「猫綱《ねこづな》」が「頑固、強情」という意味で使われていたこと（130頁）は、『角川古語大辞典』（角川書店、一九八二～九九年）などが指摘しています。林羅山《らざん》の『性理字義諺解《せいりじぎげんかい》』（一六五九年）に「自分の主張だけを通して、他者の意見はどんなによいものであっても無視し、人に逆らい、反対するのを、俗に〝猫綱〟という」という文章があるんですって。

秋成《あきなり》の「恋ひよれど妻も定めぬ……」（178頁）は『秋の雲』という自筆歌集にも入っています。ただし「唐猫」が「野良猫」、「鳴きかはす」が「鳴きからす」になっていて、いっそう俳諧《はいかい》味《み》がつよい。作者の本意はこちらのほうにあるのかも。

一葉《いちよう》の和歌（195頁）は、十七歳のころ、塾の宿題として詠んだもの。もとは「朝夕に我がそば去らずむつれよる子猫は声もなつかしきかな」だったのを、先生が「膝《ひざ》を離れず」「美しきかな」と添削《てんさく》したようです。直したあとのほうが格段によくなってますね。さすが。

大窪詩仏《おおくぼしぶつ》の詩（214頁）は、以前「その金いろと栗いろの毛皮から―猫の漢詩　3―」（『日月』一二一、二〇一六年一月）という随筆で取りあげたことがあります。江戸時代の漢詩には魅力的な作品がたくさんあるのですが、紙幅《しふく》の都合でほとんど触れられませんでした。次回作（機会があれば）にご期待ください。

その他の参考文献

田中貴子『鈴の音が聞こえる―猫の古典文学誌―』（淡交社、二〇〇一年）［→『猫の古典文学誌―鈴の音が聞こえる―』（講談社学術文庫、二〇一四年）］
北嶋廣敏『不思議猫の日本史』（ルックナウ、二〇一〇年）
桐野作人『猫の日本史』（洋泉社、二〇一七年）［→桐野作人・吉門裕『増補改訂　猫の日本史―猫と日本人がつむいだ千年のものがたり―』（戎光祥出版、二〇二三年）］
渋谷申博『猫の日本史―みんな猫が好きだった―』（出版芸術社、二〇二二年）
川合康三『中国のアルバ―系譜の詩学』（汲古書院、二〇〇三年）

中村健史［なかむら・たけし］

1980年、高知県生まれ。神戸学院大学准教授。
専門は国文学、特に鎌倉・南北朝時代の和歌。
著書に『雪を聴く――中世和歌とその表現――』（和泉書院、2021年）ほか。
かつて三毛猫一匹をやしない、「たま」と名づく。

【写真・画像提供】
金地螺鈿毛抜形太刀（p. 38）：春日大社
唾壺の写真（p. 72）：ColBase（https://colbase.nich.go.jp/）
牡丹猫図（p. 112）：根津美術館
能「遊行柳」（p. 117）：公益社団法人 観世九皐会

ブックデザイン：仁井谷伴子
装画・本文イラスト：杉浦由紀
本文イラスト（目次の猫、p. 16, 26, 40, 83の系図・関係図、p. 29, 49, 143, 160の参考図）：村山宇希（ぽるか）

猫うた 千年の物語

2024年11月26日　初版発行

著　者　中村健史
発行者　伊住公一朗
発行所　株式会社 淡交社
［本社］〒603-8588 京都市北区堀川通鞍馬口上ル
営業　075-432-5156　編集　075-432-5161
［支社］〒162-0061 東京都新宿区市谷柳町 39-1
営業　03-5269-7941　編集　03-5269-1691
www.tankosha.co.jp

印刷・製本　中央精版印刷株式会社

ISBN978-4-473-04650-5

定価はカバーに表示してあります。
落丁・乱丁本がございましたら、小社書籍営業部宛にお送りください。
送料小社負担にてお取り替えいたします。